Cuando los sueños cuentan

Altamirano, Esteban Dario
   Cuando los sueños cuentan / Esteban Dario Altamirano; edición literaria
a cargo de Luis Videla - 1ª ed. - Buenos Aires: Deauno.com, 2010.
188 p.; 21x15 cm.

ISBN 978-987-1581-53-5

1. Narrativa Argentina. 2. Cuentos. I. Videla, Luis, ed. lit. II. Título
CDD A863

contacto@elaleph.com
http://www.elaleph.com

Para comunicarse con el autor: estebanaltamirano@live.com.ar

Primera edición

ISBN 978-987-1581-53-5

Hecho el depósito que marca la Ley 11.723

ESTEBAN ALTAMIRANO

CUANDO LOS SUEÑOS CUENTAN

deauno.com

Dedicado a Romina S. Lazarte,
mi gran amor,
por enfrentar todo a mi lado.

A mi papá, Benito Altamirano,
por estar siempre cuando más lo necesité
y por su paciencia infinita.

A mi hermano Guillermo Altamirano,
por su ayuda constante e incondicional
y por compartir el gusto por lo fantástico.

A mi profesora María Amelia Díaz,
por enseñarme el camino literario.

A mi psicóloga Gabriela Campos,
por mostrarme mi propio valor.

Y a mi madre, Elvia Ida Meneses,
que me dejó el mundo de las letras,
antes de marchar al mundo de las luces.

EL FINAL DE LOS FINALES

APRETUJADO ENTRE LAS sábanas apenas oí el quejido en la oscuridad. Me desperté de inmediato alertado y sin destaparme, escuché...

Nada...

Seguí oyendo un rato con los ojos bien abiertos. Hasta que me convencí de que no era nada importante y me revolví en el calor de mis frazadas y acolchados, que por cierto pesan bastante ya que soy muy friolento, y me encimo cerca de cinco, a veces seis.

Cuando el sueño regresó, volví a escuchar...

¡Ahora sí que lo escuché! ¡Hay algo dentro de mi habitación! Asomé la cabeza de abajo de las sábanas y miré en las sombras.

Con toda la fiaca del mundo, saqué una mano al frío de mi habitación y prendí la luz del velador.

¡Ni les cuento el susto que me di! ¡Me quedé sin respiración!

Me llevó unos segundos poder moverme, cuando reaccioné salté rápido de la cama y agarré lo primero que encontré a la mano para pegarle a la cosa que fuera.

—¡VAMOS! ¡VAMOS! ¡SALI DE AHI QUE TE VOY A REVENTAR, HIJ..!

No terminé mi frase, el bulto se incorporó lentamente y vi que estaba envuelto en una túnica andrajosa y remendada, como un antiguo monje franciscano que no se hubiera cambiado la ropa durante años.

Retrocedí juntando coraje y esgrimiendo mi... ¿florero de plástico blando? Bue... mucho daño no haría con aquello.

El bulto totalmente incorporado tendría cerca de un metro ochenta, un poco más alto que yo.

—¿QUÉ HACÉS ACÁ? ¿CÓMO ENTRASTE HIJO DE..?

No pude terminar la frase otra vez, aquel individuo volteó el rostro y entonces terminé de rodillas en el piso... temblando...

Su rostro mostraba simplemente una calavera blanca, pulida y hueca. Lentamente una mano salió a relucir sus dedos descarnados, la llevó a su boca e hizo un gesto pidiendo silencio.

Pensé que eran mis últimos minutos...

—No voy a lastimarte. Sólo te pido que hagas silencio —me dijo, susurrando.

—¿Voy a morir? —pregunté con voz temblorosa.

—No, aún no te llegó la hora.

—¿Qué querés?

—Esconderme, claro. ¡Shhhhhhhhhhhh!

¿De qué o de quién querría esconderse la Muerte? ¿A quién podría tenerle miedo? ¿A Dios quizás? Mi temor se fue diluyendo un poco detrás de las preguntas, y la curiosidad le ganó espacio.

Venciendo la impresión me incorporé lentamente mientras la Muerte se acercaba a la ventana y espiaba por la rendija. Mi respiración agitada recuperaba algo de ritmo normal, ya casi no escuchaba mi corazón saliendo por los oídos.

"¡Guau! —pensé— estoy viendo a la Muerte en mi habitación, pero..."

—¿Venís a buscar a alguien?

—¡SHHHHHHHHHHHHH! —me hizo un gesto desesperado, se acercó en rápidos pasos hasta mí y me rodeó pasando un brazo huesudo por encima de mis hombros, me trajo hacia ella cara a cara. Empecé a temblar otra vez.

—No quiero que me encuentre.

—¿Que te encuentre quién?

—Mi Muerte.

No me entraban totalmente las palabras: ¿la muerte de la Muerte?

—¿Quién? No entendí... ¿tu muerte?

—¡SHHHHHHHHHHHHH! SÍ, MI MUERTE ¿SE TE MURIERON LOS OIDOS ACASO?

Caminó hasta la puerta y tomó las llaves. Sus movimientos se veían torpes y casi se le caen de las manos, corrí a ayudarla, le quité las llaves e intenté trabar la cerradura que ya tenía sus dos vueltas de llave, sólo para mostrarle que estaba cerrada.

—¿Ves?

Me dio una palmada de agradecimiento.

—¿Cómo es posible que vos, la misma Muerte, tengas una Muerte?

Su rostro blanco marfil me miró en silencio, se acercó lentamente y me puso ambas manos sobre los hombros.

—Escuchame bien lo que te voy a decir: vos sos mi única esperanza de vida.

Nunca mis orejas estuvieron más abiertas, esas cuencas vacías resucitarían a cualquier oído *Lazariano*.

—Me mandé una pequeña macana... je... —alzó sus hombros como para restarle importancia a lo que me diría.

—Verás, hace muchos eones vengo haciendo este trabajo, y... ya estaba un poco aburrida de este mundo, siempre con sus mismas defunciones, siempre sufriendo igual ¡no hay nada que inventar aquí! Y... bueno, en una Convención de Muertes me enteré...

—¿UNA CONVENCIÓN DE MUERTES? —la interrumpí asombrado.

Me dio un coscorrón en la cabeza y me tapó fuertemente la boca.

—¡SHHHHHHHHHHHHHH! ¿CUÁNTAS VECES TE TENGO QUE DECIR QUE NO GRITES? ¡NO QUIERO QUE ME ESCUCHE!

—Perdón —gimotee debajo de su carpo.

—En una Convención de Muertes me enteré de que otras muertes están trabajando en otros mundos. ¡GUAU!, me dije. ¡Otros mundos! me gustaría conocerlos... pero... estoy anclada aquí...

Me hizo un gesto de que esperara y se acercó a mirar otra vez por la rendija de la ventana, volvió apurada a mi lado.

—...pensé que estaba anclada acá y que seguiría estando por muchos milenios más mientras hubiera cualquier forma de vida en la Tierra, así que... si no tenía más trabajo aquí... me mandarían a otro mundo...

Se me quedó mirando sin ojos, no sabía que decirle, sentí su aliento en mi cara y sólo pensé de dónde le saldría el aliento si no tiene pulmones. Nos quedamos un momento en silencio.

—¿Y entonces..?

Entonces dentro de unos pocos años exterminé toda forma de vida en la Tierra... así me iba a mi viajecito... je... —alzó los hombros como diciendo "ups", restándole importancia a sus palabras.

Volvió a soltarme y se apuró hacia la puerta. Me quedé embalsamado de espanto ¿la vida... exterminada en pocos años?

Esta vez fui yo quien fue rápido a la puerta, ella miraba por el ojo de la cerradura.

—¿CÓMO QUE DENTRO DE UNOS AÑOS EXTERMINASTE LA VIDA EN LA TIERRA? —le dije en voz alta.

—¡SSSHHHHHHHHHHHHHH! —me envolvió la boca con sus manos y me llevó a los empujones al centro de la habitación. Me dio un coscorrón en la cabeza y volvió a gesticular que me callara.

—Bueno... vengo escapando desde el futuro. Cuando destruí toda la vida pensé que me vendrían a buscar para llevarme a otro mundo a seguir trabajando, pero jamás pensé que me mandarían una muerte a mí... que el Universo ya no me necesitaría.

—¿Del futuro?

—Sí, y como aquel exterminio aún no ocurrió, en este tiempo tuyo se puede evitar, y si se evita va a seguir habiendo vida en la Tierra, y yo voy a seguir teniendo trabajo, y entonces no voy a morir ¿entendés por qué te necesito?

—Algo... pero... ¿qué querés que haga?

—Es muy fácil, te voy a decir quién es el que va a destruirlo todo, y vas a ver que es muy fácil evitarlo, así vas a salvar la vida en la Tierra y también la de esta Muerte... ¡por Dios!

Se levantó la túnica y vi y escuché como un ruido de piedritas chocando, a las falanges de sus pies, sus tibias y peronés, y sus fémures, temblando.

—¿Así que esto es temblar? —me preguntó— ¿Así que esto es el miedo?

Siguió un momento mirándose las piernas, quizás con temor y curiosidad.

—¿Podés decirme quién es?

—¡Ah, sí, perdón! Te elegí a vos porque conocés a esa persona desde hace poco tiempo, y nadie se imagina lo que puede llegar a hacer.

—¿ME PODÉS DECIR DE UNA VEZ QUIEN ES?

—¡SHHHHHHHHHHHHH! ¡Te dije que no grites!

Empecé a impacientarme con la Muerte, ansioso por conocer quién era esa especie de ¿*Anti Cristo* de la profecía quizás? ¿A quién conozco con el poder y el destino de destruir a toda la vida en la Tierra?

Miró hacia todos lados en la habitación, se acercó y espió por la ventana. Luego fue a la puerta y miró por el ojo de la cerradura, miró debajo de la cama, miró dentro de los placares. Entonces vino a mi lado, puso sus manos frías y huesudas a ambos lados de mi oído, y acercó su boca dentuda, susurró.

—Conocés a una persona que jamás parecería ser capaz de destruir-lo todo, ella va a engendrar al *Final de los Finales* pero, apurada como voy a estar le quité el poder del holocausto a su futuro hijo y se lo di y lo puso en marcha dentro de unos muy pocos años. Se llama...

El estruendo tapó el murmullo de la Muerte, vi el techo hundirse por pedazos, agrietarse en partes con hundimientos alternados, que parecían que algo muy pesado caminaba sobre ellos.

—¡AY, NO! ¡ME ENCONTRÓ!

Un estallido de polvo y revoque saltó desde el techo junto con una explosión de piedras, al tiempo que una enorme media luna metálica seccionaba de un golpe el techo, al ras de las paredes, como un gigan-tesco y violento abrelatas.

—¡NOOOOOOOOOOOO! —gritamos, la Muerte y yo.

Quedé tirado en el suelo, tosiendo, lleno de polvo y piedras. Vi des-colgarse del techo una especie de red negra, como una telaraña con un olor putrefacto y pegajoso, que quedó adherida a todas las paredes y el piso. Sobre mi cabeza pude ver el polvo elevándose hacia el cielo estre-llado.

Fue todo muy rápido. La Muerte se paró vertiginosamente y dio un salto hacia la ventana, quedó enganchada en la telaraña, peleó con ella mientras el tejido se adhería a su cuerpo.

—¡ESTOY ATRAPADA! ¡ESTOY ATRAPADA!

Cayó sobre mis muebles y los destrozó. Corrí a levantarla.

—¿CÓMO SE LLAMA EL FINAL DE LOS FINALES? ¡DECIME-LO YA QUE ES TU ÚLTIMA OPORTUNIDAD!

Y entonces la vi...

Por encima de las paredes, dando un paso gigantesco y solemne entró LA MUERTE DE LAS MUERTES.

Tendría cerca de cinco metros de altura, sus huesos refulgían en destellos sobre su pulida osamenta negra, y su manto como el de la otra Muerte, era como un cuero negro de superficie brillante.

El sonido llegó de todas partes y me perforó los oídos. El cielo so-bre la habitación se llenó de esqueletos de cuervos que volaban en cír-culos descendentes y rápidos, sus huesudas alas hacían un aterrador ruido semejante al de cientos de castañuelas gigantescas. Sus graznidos estallaban los cristales, los espejos, rajaban las paredes.

—¡SU NOMBREEEEEEEE! —alcancé a gritar.

La Muerte me contestó, pero era tal el ruido de los cuervos que no pude entenderla.

La Muerte Negra alzó una gigantesca guadaña negra y pulida; La Muerte corrió y se puso detrás de mí, usándome de escudo.

Comenzamos a pelear para mandarnos al frente, cuando el sonido silbante precedió al estallido del suelo. Sentí el roce frío sobre mi cara cuando la hoja me rozó, volé dando tumbos y rebotando no sé contra que cosas, y entre las vueltas que daba a los golpes alcancé a distinguir la guadaña partiendo a la Muerte a la mitad. Sus huesos volaron en pedazos y se desintegraron como si fueran cenizas de papel y el suelo estalló. Caí golpeando contra la puerta, y alcancé a mirar las baldosas que volaban por todas partes. Algunas venían hacia mí, logré cubrirme y recibí golpes fuertes y cortantes en mis antebrazos.

Los cuervos partieron hacia lo más alto y oscuro de la noche. La Muerte Negra pasó por encima de los escombros de las paredes, y desapareció.

Escucho los murmullos de los vecinos acercándose. Entre las nubes de polvo veo algunas linternas, oigo voces que llaman pero estoy tan aturdido que no entiendo qué dicen.

Miro los escombros de mi habitación, no quedó pared entera, no tengo techo, y el suelo muestra un cráter que casi lo ocupa todo.

Lo único que se me ocurre pensar: ¿cuánta plata me va a salir reparar todo esto?

COLUMNA

GRACIAS POR LA ayuda —dijo Gabriel—. Acomodo mis cosas y bajo.

—Está bien —le respondió Edgardo— no hace falta que te apures, debés estar cansado, así que tomate tu tiempo.

La puerta se cerró con un suave chillido añejo y Gabriel se dispuso a acomodar sus pocas pertenencias en su nuevo hogar pasajero.

Se recostó en la cama y disfrutó de la imagen de su habitación. Le encantaba la estructura rústica completamente de madera, sólo un armario rompía la monotonía de los tonos claros, una cama de una plaza y una mesa de luz la acompañaba compartiendo el mismo estilo. Miró el atardecer a través de un vidrio semi traslúcido por el polvo, y se quedó un momento disfrutando del canto de los pájaros.

Por primera vez en mucho tiempo había logrado dormir tranquilo. Se despertó tarde y se apuró para desayunar, corrió escaleras abajo y entró a la cocina.

—Buen día —saludó a los monjes, que le respondieron amablemente sonriendo.

—Buenos días, pensamos que te levantarías más tarde —dijo Gustavo—, no tenés horarios acá ¿sabés?

—Sí, sí... pero me resulta difícil acostumbrarme, siempre madrugo para ir a trabajar.

—Tenés que intentarlo... son tres meses para recuperarte antes de volver a tu trabajo... Orden del médico ¿sabés? —le comentó Alfredo.

Asintió. Estaba ahí por invitación de su amigo, el hermano Guillermo, quien al enterarse de que le habían ordenado vacaciones adelantadas en su trabajo lo invitó a pasar el verano en el monasterio *La Corona de Cristo*, al que unos pocos iban a descansar, alejados de todo vestigio de "civilización". Por lo visto Guillermo había avisado a todos sus hermanos del motivo de su visita.

Le habían recomendado mucho descanso, dormir lo que el cuerpo necesitara, y terapia. Pensó que lo mejor era descansar primero, y durante el año ir haciendo terapia, así que ahí estaba, después de muchos años de estar trabajando sin tomarse vacaciones, sentía que le faltaba algo.

Le gustó sentarse en aquella mesa de troncos, disfrutando de la compañía amable y bastante silenciosa de los religiosos. Cuando terminó de desayunar, lavó los platos (algo que no hacía desde hacía varios años) y salió al parque.

Respiró profundo tratando de acomodarse a un tiempo de hacer nada, y se dio cuenta de lo difícil que le resultaría. No podía evitar que su mente fuera al trabajo y viniera, en un esfuerzo por mantenerse ahí.

—¡Hola! —le saludó un monje joven–. Me llamo Adrián. ¿Le muestro el lugar?

—¡Me encantaría, veo que es enorme!

—Sí, sí... ¿hace mucho que llegó acá?

—No, no, llegué ayer tarde a la noche y hace un ratito me levanté.

—¡Ah, bueno! Yo también soy nuevo aquí, llegué hace cinco días y aún estoy conociendo y aprendiendo el lugar, sería bueno un poco de compañía.

—Bueno ¡vamos!

Caminaron recorriendo los antiguos y espaciosos pasillos externos del monasterio, contándose cosas.

Conoció detalles más particulares de la cocina donde había estado. Parte de los hornos que tenía habían sido fundidos de cañones que trajeron cuando aquello era un fuerte, la mesa era parte de la torre principal y las sillas habían sido talladas por los fundadores, tomando la madera de árboles caídos.

Los pasillos de cientos de metros estaban techados con paja trenzada, un trabajo cuyo mantenimiento llevaba a sus ocupantes a ocupar gran parte de su tiempo. Los pisos de baldosas lucían pulidos casi todo el año.

Cada construcción tenía un pedacito de historia que a Gabriel le encantaba, y más le interesó cuando una mañana Adrián lo llevó a conocer los subsuelos del monasterio.

Bajaron por una larga escalera de caracol que parecía interminable, iluminados por la tétrica luz de las linternas que cada uno llevaba. Gabriel sentía ser protagonista de una película de terror, cuando Adrián comenzó a contarle una de las leyendas del lugar.

—Hace cientos de años había un fortín en este lugar y, dice la historia, que los primeros monjes que llegaron acá tuvieron que luchar contra los demonios que vivían en el bosque. Iban perdiendo, cuando salió la niña a luchar con ellos, y descubrieron que ella podía tranquilamente con los demonios, porque era pura...

—¿Una niña? ¿Qué hacía ella acá en esa época?

—Según la historia llegó un día al fuerte, aparentemente se había perdido con su caballo, pero pronto los monjes se dieron cuenta de que era algo especial.

—¿Especial?

—Sí... decían que era una enviada de Dios, que hacía milagros, contaban que los animales venían a verla y dejaban que ella los tocara, que las flores revivían con sus caricias, que las aves se le posaban en los hombros y cantaban, que las mariposas revoloteaban cerca de ella, que curaba heridas con sólo mirarlas, y que hablaba de Dios como si fueran viejos amigos, como si lo conociera personalmente.

»Y dice la historia que ella salió a luchar, porque hasta entonces los monjes la resguardaban como si fuera su mayor tesoro, pero cuando ella salió pudo con ellos y los espantó».

—¿Cómo luchaban?

—¡Ah! Con armas, sables, palos, lo que fuera, era luchar cuerpo a cuerpo, ¿te imaginás?

—Sí, sí.

—Ella pudo con todos, pero entonces vino el mismísimo Luzbel y le dijo a la niña que se fuera, que querían este territorio para ellos, y ella le dijo que jamás les daría *Las Tierras del Jordal*.

—¿Las Tierras del Jordal? ¿Qué es eso?

—Parece que es un lugar donde pueden nacer almas del infierno, porque las almas del infierno dependen de las almas condenadas de los hombres, pero en este lugar pueden nacer sin haber pasado por el cuerpo humano.

Terminaron de bajar la escalera en caracol y llegaron a un largo corredor de piedra, débilmente iluminado por antorchas y algunos candelabros. Comenzaron a recorrerlo.

—Y fue cuando Luzbel luchó con la niña. Los monjes cuentan que les iba muy mal, otra vez iban perdiendo, murieron muchos y entonces la niña se cortó las venas y le lanzó su sangre a Luzbel, y fue para él como un latigazo. Ella comenzó a salpicarlo con su sangre y Luzbel no pudo con eso y huyó, pero ella había perdido tanta sangre que murió.

—¡Guau! Qué historia...

—Y no termina ahí. Para que ni los demonios ni Luzbel volvieran, este monasterio se construyó sobre ella, y dicen que...

Llegaron a una enorme puerta de madera con extrañas escrituras talladas, el ojo de la cerradura tendría unos cincuenta centímetros de grande, y unas cadenas con candados enormes llenos de inscripciones, la resguardaban.

—Qué ella está aquí... detrás de esta puerta.

Gabriel abrió grande los ojos y sintió su pulso desbocado, la curiosidad le hizo temblar las manos, una descarga de adrenalina le recorrió el cuerpo: quería ver el lugar.

Comenzó a acariciar las inscripciones, fascinado, sin entender por qué se sentía así, más curioso que nunca y emocionado.

—Y la leyenda termina diciendo que el día que saquen a la niña de abajo del monasterio, la iglesia se cae.

—¿Iglesia? ¿Hay una iglesia arriba?

—Sí, sí... y se nos vendría encima...

—¡Casi nada!

—Y sí... así son estas historias... pero bueno... El caso es que esta puerta no se abrió nunca, tiene todo un aire de misticismo y respeto.

—¿No te da curiosidad ver?

—Un poco, pero... ¿Qué vas a ver? Quizás una tumba o un esqueleto a la vista si es que su cuerpo está ahí, pero no creo que mucho más.

—Puede ser... —respondió Gabriel, pero aquellas historias le encantaban. Demasiado...

Varios días después no lograba disfrutar del descanso pensando en cómo podía entrar a la habitación. En la biblioteca encontró un viejo tomo de tapas de cuero, perdido por debajo de las estanterías, lleno de polvo y tela de araña, con las hojas amarillentas. En sus páginas encontró una inscripción que revelaba adónde estaba la llave...

Esa noche todos dormían cuando Gabriel logró deslizarse al cuarto donde decía el libro que estaba la llave, y sudando adrenalina, pudo tomarla sin ser descubierto. La encontró en el compartimiento de una banca muy antigua, por lo que no podía dejar de pensar en la fortuna de encontrar el libro bajo los estantes, y cómo la llave pudo pasar tantos años sin ser encontrada.

Iluminándose con la linterna recorrió los pasillos hasta la escalera. Bajó rápido y en silencio, pensando en la emoción del hallazgo. ¿Llamaría a los monjes? ¿Se enojarían? Porque si hubieran querido entrar, podían hacerlo hace mucho, sólo con forzar la cerradura.

Llegó hasta la puerta, deslizó la llave y con mucho esfuerzo logró abrirla al tiempo de que las cadenas se soltaban del cerrojo.

Respirando entrecortado entró despacio. La enorme sala circular apenas devolvía un poco de luz, y se apreciaban estatuas de santos repartidas por el lugar.

Respiró el aire pesado de encierro centenario, apartó las telarañas y caminó con cautela hacia el interior.

No tuvo que dar muchos pasos cuando la vio: en el centro de la sala había una columna de piedra, y en medio de la columna y atrapada en su interior, el cuerpo bien conservado de una niña.

—¡Por Dios..! —susurró.

Se acercó despacio iluminándola, y cuando llegó a ella vio que no era una estatua, y se asombró más aún...

—Es... es un cadáver...

Dio vueltas alrededor de la columna. No podía creer lo bien conservada que estaba, y no supo qué sentir cuando. al tocarla, descubrió que el cuerpo estaba prácticamente fresco...

—¿Queé..? —fue lo único que pudo decir. La piel, las articulaciones, el pelo y hasta la ropa estaban como si la hubieran enterrado hacía pocas horas...

Sólo el polvo sobre el cuerpo parecía revelar el tiempo transcurrido. Sopló sobre su rostro para poder verla bien... y cayó de rodillas.

La niña se había movido.

Retrocedió, impactado y después de un rato suspiró tranquilo al ver que el cuerpo se mantenía inmóvil.

—¡Ay Dios! ¡Debe ser la iluminación! ¡Qué susto!

Pero no se levantó. Al contrario, se arrastró sentado y desesperado hacia la puerta, cuando la niña gimió y movió un brazo.

Se quedó paralizado de terror, no podía creer que pudiera estar viva.

Cuando se recuperó caminó trastabillando y se acercó a ella, tocó su rostro, la niña parecía respirar, abrió los ojos.

—¡POR DIOS! —dijo con los ojos llenos de lágrimas.

La pequeña tosió y comenzó a moverse muy despacio, tanteó la columna, y comenzó a gemir.

—¡NO TE MUEVAS! ¡NO TE MUEVAS QUE YA TE SACO!

Corrió por la habitación, desesperado, hasta que encontró un enorme martillo. Lo tomó y comenzó a golpear la piedra de la columna al tiempo que gritaba pidiendo ayuda.

Pero nadie vino para asistirlo y continuó solo, martilleando la columna, tratando de liberarla. La pequeña no hablaba, se había quedado dormida y apenas respiraba.

Sacó fuerzas de donde pudo, exhausto, transpirado, con las manos ensangrentadas de lidiar con las piedras.

Y cuando pudo sacó a la niña con muchísimo cuidado, dejándola en el suelo, ella abrió los ojos, y apenas susurrando dijo:

—¿Qué..? ¿Qué hiciste..?

No tuvo tiempo de responderle, el estruendo sobre su cabeza ni siquiera le dio tiempo a reaccionar: la iglesia entera cayó sobre ellos, arrastrando al monasterio completo, matando a todos sin que se dieran cuenta de lo que ocurría...

En todas partes del mundo las iglesias de todas las religiones se desmoronaban de un plumazo, sumando millones a las muertes...

Capillas, símbolos religiosos, monasterios, templos e imágenes, todo se derrumbaba al mismo tiempo.

Y tan sólo en unas horas, la columna principal de la creencia, de la fe de toda la humanidad había desaparecido...

Antigua Visita

EN MEDIO DEL silencio el estruendo me sobresaltó, el temblor de la casona anunciaba un terremoto naciente y corrí afuera desesperada.

Ni bien me arrojé al césped todo pasó. Miré alrededor y en medio de la noche me sentí muy sola en mi estancia. Asustada, extrañé a mi marido y a mis hijos que habían ido hasta el pueblo a buscar helado apenas empecé a hacer la cena.

—¡No vayas a volar la casa, eh! ¡Jajaja! —me dijo, al despedirse.

Pensé que quizás algo hice mal en la cocina y realmente voló todo. Así que me encaminé cuando otra vez el suelo retumbó, volví a tirarme al piso y se detuvo.

Di otro paso, otro temblor, y a cada paso se repetía como si yo lo provocara. Supe que no era un terremoto y la luz de la luna no me mostraba nada extraño.

Por suerte tenía las llaves de la camioneta en el bolsillo, corrí para subirme cuando el estallido de vidrios y cascotes hicieron que me arrojara al suelo.

Ahí estaba mi camioneta totalmente destrozada, aplastada, y sobre ella, una gigantesca pata...

Lentamente levanté la vista y la vi: una enorme esfinge de piedra me clavaba su mirada.

Parpadeé varias veces por lo inverosímil de la aparición, cuando la cabezota me lanzó un mortal mordisco, me levantó en el aire y me arrojó una decena de metros por encima de la cerca.

Aturdida y dolida, como pude, me levanté y corrí hacia las caballerizas, pero la gigantesca figura corrió y me cortó el paso. La esquivé y fui hacia los viñedos, pero saltó sobre mí con ruido de avalancha y se quedó dura, mirándome.

Quise pedir auxilio, pero aquella cosa era impredecible y me imaginé que, si gritaba, podría atacarme.

Ni en mis peores pesadillas estuve así de asustada, no sabía qué hacer para salvarme, y en una ingenua reacción me agaché rápido, le arrojé una piedra y corrí a la casa.

Fue mi peor idea. A continuación pude ver cómo volaba la entrada, cómo caían las paredes y el techo se desplomaba cuando la esfinge atravesaba la casa como si fuera niebla.

Corrí lo más que pude y salté a través del mosquitero de la puerta de la cocina y salí al patio. Detrás de mí venía la espantosa visita saltando, dejando más escombros en el camino.

No pude más. Me tiré al piso y cerré los ojos esperando el final...

Pero el silencio me hizo abrirlos y al mirar, ahí estaba ella... agazapada, acechándome.

Y moviendo su gigantesca cola.

Entonces comprendí: tomé un enorme pedazo de madera y vi que lo seguía con sus ojos saltando, escandalosa, hacia un lado y otro.

Me salvé. Estuve casi una hora arrojando el palito para que ella lo trajera una y otra vez... pero me salvé.

Cuando al final se fue, pensé:

"¿Cómo le explico a mi marido que no volé la cocina?"

BORRÓN

SE LEVANTÓ TEMPRANO a pesar de que ese día no tenía que ir a traba-jar. Prendió la televisión y miró un poco el noticiero para ver la tempe-ratura, si hacía frío se quedaría un poco más en la cama.

Después de desayunar fue a recoger el correo, las cartas no tenían la dirección de envío, *"que raro"*, pensó, las fue abriendo para descubrir que en apariencia iban dirigidas a él por el contenido, pero sin embargo ninguna tenían su nombre ni apellido.

Abrió el sobre que contenía la renovada tarjeta de crédito, para des-cubrir más que asombrado que no tenía sus datos.

—¿Qué? ¿y esto para que me sirve?

Se enfadó y fue directo al teléfono para llamar al Banco. Después de la acostumbrada espera y de marcar opciones, la operadora le pidió sus datos para corroborar.

¡Y ahora estaba más enojado que nunca! ¿Cómo pudieron cometer ese error? Resulta que él no estaba —ni nunca estuvo— ¡en ese Banco!

—¡PERO SI TENGO CUENTA DE AHORROS Y HACE AÑOS QUE ESTOY AHÍ! ¿QUÉ PASÓ CON MI DINERO?

Parecía que iba a ser un largo fin de semana, porque no podía en-contrar las boletas y recibos que iba a necesitar para confirmar que había depositado dinero y hecho transacciones ahí.

Después de dos horas de búsqueda, pudo encontrar la carpeta, fue hasta la cama y la abrió.

Se quedó asombradísimo, las mismas cartas de siempre estaban ahí... pero en ninguna estaba su nombre...

—¿Có... cómo? ¡Ay Dios... ay Dios!

Mientras las recorría una a otra nervioso pensando en los ahorros de toda una vida, descubría que su nombre y apellido, su número de documento y datos personales, no figuraban en ninguna parte de los escritos.

Se agarró la cabeza desesperado y sin entender. En eso vio su Documento Nacional de Identidad en la mesita de luz, lo agarró...

Se quedó con la boca abierta y abrió grande los ojos: no tenía número... ni su nombre y apellido... ni su foto... ni su fecha de nacimiento... nada...

Pasó las páginas muchísimas veces, reconocía las hojas por las pequeñas manchas y otros detalles, ¡sí! ¡Era su documento! ¿Cómo podía ser?

Corrió a tomar el teléfono y llamó a su madre.

—¡Hola mamá! ¡Me está pasando algo rarísimo! Me levanté esta mañ...

—Perdón... equivocado...

Cuando le colgaron miró en la pantalla del teléfono el número que había marcado, quizás de casualidad la voz era idéntica a la de su madre, pero... ¡había marcado bien!

Volvió a llamar.

—¡Hola mamá! ¡Soy yo, Ismael! Me cort...

—Perdón... equivocado... no tengo hijos, sólo una hija...

Le volvió a cortar. Molesto, volvió a marcar.

—¡PERDÓN! YO DE NUEVO, QUE...

—¡OIGA, NO MOLESTE, YA LE DIJE QUE NO TENGO NINGÚN HIJO, SI SIGUE LLAMANDO LO VOY A DENUNCIAR!

Cuando le volvió a cortar, se enfureció ¿CÓMO QUE NO TIENE UN HIJO? Le dio muchísima bronca que le respondiera eso y reconociera sólo a su hermana. Dejó el teléfono y se apuró a buscar las llaves, iría personalmente a ver por qué su madre lo estaba negando así.

—¿Sí? —respondió su madre cuando tembló la puerta.

Él se quedó callado esperando algún comentario, estudiándole el rostro para ver si estaba enojada, si era una broma... pero sintió que ella hablaba en serio.

—Yo... soy tu hijo, mamá... ¿Qué pasa?

Ella cambió su expresión, ahora estaba asustada.

—Usted... ¿es el que llamó por teléfono? ¿Qué quiere? Yo no tengo un hijo, sólo tuve una hija... ¿Qué quiere?

—¿Qué te hice para que me trataras así..? ¿Por qué me negás? Solo quería contarte lo que me está pasando y...

—¡Váyase o llamo a la policía! —dio un portazo.

Se quedó dolido y sin palabras, no sabía que hacer o decir, estaba pasando algo rarísimo.

Sacó su billetera y buscó la anterior tarjeta de crédito, estaba ahí...

—¿Qué? ¿Esto también?

Tenía el mismo número de tarjeta, la misma clave de seguridad, pero nada más, faltaban su nombre y apellido y su fecha de nacimiento.

Buscó su cédula de identidad... su carné de conductor... todo estaba ahí pero sin sus datos personales.

Pasando de asustado a aterrorizado, volvió a su casa muy confuso... tanto que tuvo que leer la dirección dos veces: Carlos Casares 2341, imposible no ver el número negro sobre el fondo blanco de la enorme casa de dos pisos blanquísimos.

En el camino se encontró a Gerardo, un amigo de la infancia.

—¡Hola Gerardo! Necesito tu ayuda, me está pasando algo rarísimo.

—¿Cómo sabe mi nombre? ¿Nos conocemos?

Miró a su amigo intentando leer alguna confabulación.

Entró ofuscado y cerró con prisa. Corrió escaleras arriba, revolvió sus cajones, buscó otras carpetas, sobres, sacó cajas, apurado.

Encontró muchas notas, cartas, escritos, todos sin sus datos, todo impersonal.

Con las manos temblorosas tomó el papel que buscaba, y con lágrimas en los ojos leyó... Partida de Nacimiento...

—Es... es... —murmuró—, como si nunca hubiera nacido...

El papel estaba vacío... cayó de sus manos cuando una brisa gélida lo llevó volando...

Y siguió soplando unos días más... agitando el cartel mal clavado sobre el poste... ahí... en el enorme lote baldío... se leía...

GRAN OPORTUNIDAD
-LOTE TOTALMENTE DESPEJADO-
-CARLOS CASARES 2341-

COMPLETO

NO PODÍA EVITAR pensar en eso y una otra vez...

Ya lo había visto anteriormente ¡tantas veces! Pero por alguna razón ahora lo perseguía, todo el tiempo... hasta en los sueños.

El velatorio era el más solicitado de la ciudad por la forma en que él trabajaba, principalmente con los mutilados; incluso en una ocasión le llevaron un cuerpo al que tuvo que reconstruirle totalmente el rostro a partir de fotos, utilizando siliconas y maquillaje, como también todo tipo de materiales, al punto que al tacto se sentía como si fuera piel.

Así que Germán estaba acostumbrado a las partes faltantes, entonces ¿por qué pensaba tanto en esa mano derecha que le faltaba?

Acudió a sus sueños una y otra vez, y lo siguió haciendo aún cuando se llevaron el muerto... lo atosigaba esa imagen incompleta.

Tomó la costumbre de visitar su tumba una y otra vez, como si lo conociera, pero no tenía ninguna idea de por qué lo hacía... no se explicaba el motivo de su obsesión: sólo recordaba la mano faltante.

Todo el tiempo la misma idea.

Ya no era la carencia, soñaba con una mano sola, amputada, sangrante.

Despertaba y seguía viendo esa mano, impregnada en su visión, como un sol candente que ciega y se queda flotando en un punto luminoso. Veía la mano adonde mirara.

Ni el psicólogo ni el psiquiatra consiguieron sacarla de su mente, seguía ahí varios meses después. Pasaba la mayor parte del tiempo rondando la tumba, preguntándole por qué... por qué lo perseguía así.

—¿QUÉ QUERÉS? —le gritaba al muerto.

Hasta empezó a golpear la lápida, a patearla. Llegó al límite de la desesperación. Fue entonces cuando la locura lo levantó de la cama y lo hizo trepar el muro del cementerio a la madrugada, cuando ni las almas de los vivos ni de los muertos deambulaban por el lugar.

Llegó desesperado a la tumba con una palanca en mano, comenzó a destaparla, forcejeó tratando de hacer silencio hasta que logró dejar el cajón a la vista.

—Ahora sí... ¡ahora sí me vas a responder..! —susurró.

Golpeó el cajón hasta que logró abrir la tapa. El cuerpo en descomposición quedó sonriéndole una macabra bienvenida.

—¿Qué querés..? ¿QUÉ querés..? ¿QUÉ QUERÉS? —le gritó al muerto, agarrándolo del cuello.

La respuesta del silencio fue lo peor que pudo recibir, no podía más, miraba una y otra vez la mano faltante, la mutilación...

Y comenzó a reír, tirándose encima del cajón.

Así lo encontraron: acostado, muerto, bañado en sangre...

Y el otro cuerpo, ya estaba completo.

Coso

YA TENÍA DOCE años, y a pesar de ser muy inteligente para todo lo que emprendía jamás aprendió a decir más que *"coso"*.

Psicopedagogos, psicólogos, médicos y otros desfilaron por su vida, pero ninguno pudo jamás hacerle decir alguna palabra más fuera de las derivadas de *"coso"*, como *"cosito, cosas, cosita..."*

Nadie le reconocía inteligencia alguna sin importar lo que hiciera, es más, hasta sus padres y hermanos lo ignoraban...

Habían llegado de todos lados, zumbando sobre pueblos, ciudades, mares, desiertos, montañas, rodeando al planeta entero. Cubrieron el cielo, taparon las estrellas...

Eran gigantescas naves circulares de quinientos metros de diámetro que se habían quedado flotando, inmóviles. Cubrieron el cielo por todas latitudes, como un casco gigantesco.

La humanidad prácticamente se paralizó. Terror, asesinatos, devoción, suicidios, locura, profetas hablando del fin del mundo y disparatados haciendo locuras, aparecieron por todos lados. Los noticieros, diarios, revistas, ocuparon prácticamente todas sus hojas con los recién llegados.

Dos semanas después, ocurrió el encuentro: se abrieron las compuertas de las naves, y salieron otras más pequeñas, del tamaño de un auto mediano.

De algún modo supieron adónde encontrar a los líderes de cada país.

Cuando salió de la nave, el extraterrestre levantó una mano en señal, quizás, de saludo y dijo:

—*Conaomo soalo trotoi obol soo di sooooo.*

La comitiva de recepción intercambió miradas. Un grupo de especialistas en lenguaje e interpretación de signos, trabajaba febrilmente con sus computadoras, tratando de traducir lo hablado.

—Presidente... debe responder: *Ponol isobol doa rotofioa* —así lo hizo leyendo en una computadora de mano.

Los extraterrestres intercambiaron miradas. Eran totalmente calvos, con ojos redondos de pupilas negras que lo ocupaban todo. Dos párpados se cerraban en cada uno desde arriba y abajo. La piel blanquísima cercana a lo traslúcido dejaba ver suaves líneas de lo que tal vez serían venas o arterias. Sus manos, con sólo tres dedos larguísimos y garras puntiagudas, parecían cuchillas de una película de terror.

—*Griavorian mixi natoaloborian bacor!* —dijo el ser señalándolos a todos, con un tono más fuerte.

Nuevamente los consejeros tradujeron y el Presidente respondió:

—Lobar notian sacor te lacorbi u...

—¿U?

—¡U! —respondió el Presidente.

Se quedaron todos en silencio escuchando. Los visitantes repetían susurrando una y otra vez *"¿U?"*.

Y entonces ocurrió: repetían "U" cada vez más alto, y el tono de voz se volvió un alarido.

De las naves, como un altoparlante, se dejó oír un largo e interminable *"U"* que se extendió como un manto tembloroso sobre toda la tierra.

Nadie entendía lo que estaba pasando, hasta que un extraterrestre apuntó al Presidente con algo muy pequeño parecido a una horqueta, y el Presidente desapareció con un alarido bajo una luz de *flash*.

Casi instantáneamente ambos bandos sacaron sus armas, pero las balas no hacían nada en aquellos seres, y no quedó otra que la huida, mientras que muchos humanos desaparecían envueltos en el *flash* de aquellas extrañas armas.

Para regocijo de los anunciantes del Apocalipsis, cundió una ola de destrucción sobre la faz de la tierra y en cada horizonte, armas en mano, los extraterrestres preguntaban *"¿U?"* antes de disparar y nadie sabía la respuesta...

Y entonces, a sus doce años, se enfrentó a la muerte. Corría con su familia luego de perder su casa en un fogonazo de luz y su auto se había quedado sin ruedas cuando escapaban a toda velocidad, por el roce de otro *flash*. Al dar la vuelta en una esquina se encontraron frente a un pelotón de extraterrestres que corrían hacia ellos.

Saltaron detrás de unas ruinas humeantes, pero quedaron atrapados sin poder huir en medio de los escombros.

Los extraterrestres ya los habían alcanzado y ya les apuntaban, gritándoles:

—¿U? ¿UUUUUUU?

Y cuando levantaron sus armas hacia ellos y ya escuchaba el alarido de sus padres, se le escapó:

—¡COSO! ¡COSOOOOO!

Los extraños se detuvieron instantáneamente.

—¿COSO? —le preguntaron.

—¡Coso, cosita, coooosaaa, coso coooso, cosooooóóó!

—¡COSOOOOO! —gritaron los seres mirándose unos a otros. La voz se repitió en el pelotón, y pronto llegó a las naves. El ruido de la guerra se silenciaba, y el retumbar de la palabra *"coso"* se repetía desde el cielo en todas las naves, y en las bocas de todos los visitantes.

—*Morituriun cabrof silitium laters nakcaim* —le dijo un extraterreste.

—Coso, cooooosóóóóooo, cosíiiiiiitaaa, cositas, cosas, cossssssaaaaááásss! —respondió.

Aquellas criaturas bajaron sus armas frente a ellos y en todo el mundo repitieron el gesto.

—*Akirinus materis posolios nimbus caterins.*

—Co so, cooo ooo sooo óooóóóoo, cossssá. —sus padres lo miraban asombradísimos.

Y por primera vez los extraterrestres estrecharon las manos con él, y sonrieron.

Entonces hubo paz y fue él el único humano capaz de entender a aquella raza de las estrellas...

Y fue su lenguaje reconocido como *El Único Lenguaje Universal*: con una sola palabra podía decir todo...

COSTURA

LAS RUEDAS CHIRRIARON una vez más...

—¡OTRA VEZ ME OLVIDÉ DE ESA PORQUERÍA! ¡NI SI-QUIERA UN CARTEL PONEN! ¡POR LO MENOS ESO!

El auto rebotó en el lomo de burro y sintió que golpeaba su cabeza contra el techo.

—¡TENDRÍA QUE SACARLO, UN DÍA DE ESTOS VENGO Y LO SACO!

Solía quedarse protestando durante varias horas después de aquel golpe. El lomo era pronunciado y estaba al final de una curva cerrada y en descenso, de modo que nunca lo veía a tiempo y al ir bajando, la velocidad lo llevaba a terminar rebotando dentro del auto. Siempre lo mismo.

Fue una madrugada cuando armado de un enorme martillo y un cortafierros, fue a desquitarse con aquel lomo. Eligió un horario en donde no fuera interrumpido ni descubierto, y como al otro día no iba a trabajar se sentía animado como para una misión de espionaje.

Comenzó a golpear la piedra y a cada pedazo que saltaba una descarga de adrenalina lo animaba. Poco a poco el lomo iba perdiendo superficie.

Ya le faltaban unos cincuenta centímetros cuando un pequeño terremoto lo sobresaltó.

Miró a su alrededor y dudó, no sabía si había sido efecto del cansancio, cuando el golpe de luz con ruido de rasguido lo levantó en el aire y lo arrojó un par de metros atrás.

Y ahí estaban: saliendo de un hueco negro aparecieron delante de él un grupo de ángeles y demonios.

—¿QUE HACÉS? ¿QUE HACÉS? ¡NO, NOOOOOOOOO!

Corrieron a examinar el lomo, llorando, insultándolo los demonios, rezando a Dios los ángeles; él estaba asombradísimo, paralizado, los seres se agarraban la cabeza, se abrazaban llorando sin sacar la vista del lomo mientras algunos buscaban los pedazos y trataban de armar el rompecabezas.

—¡POR QUÉ LO HICISTE! ¡POR QUEEEEÉ! —le gritó un ángel agarrándolo del cuello y sacudiéndolo. Un pequeño temblor ronroneaba la tierra.

—¡NO HAGAS ESO QUE ES TRABAJO NUESTRO! —le gritó un demonio apartándolo de un golpe, quedó tirado en el piso sin saber que hacer.

El demonio quedó mirándolo fijo:

—Eso... —le dijo señalando el lomo ausente— ERA la costura que Dios le hizo al mundo desde su creación. El temblor se hizo más fuerte.

—¿Qué? —respondió sin entender nada.

—Cuando Dios hizo el mundo tuvo una falla... y lo arregló cosiéndolo... y ESA era la costura... el único arreglo para que el planeta...

El terremoto abrió una veloz brecha en el lomo que fue creciendo en profundidad y en largo. Pronto el magma comenzó a brotar con furiosas columnas de humo. Los ángeles y los demonios corrieron a través de su pasadizo. Él se levantó y corrió sin saber adonde.

La grieta creció rápido alargándose más... hasta que partió al continente llegando al mar. Columnas de vapor se elevaron por cientos de kilómetros mientras el terremoto destruía ciudades, el mar se perdía dentro de la brecha, los bosques desaparecían y el cielo se cubría de tormentas tenebrosas.

La grieta se ensanchó separando las tierras. Los mares retrocedieron y se perdieron en ella. El magma brotó en todos los continentes como si el mundo sangrara.

De pronto los elementos sobre el planeta comenzaron a flotar, la atmósfera se disparó hacia el espacio...

Y el planeta ya sin vida se separó en dos mitades...

DEFENSA PROPIA

TIRÓ DE MAL humor la computadora sobre la cama.

—¡SON TODOS UNOS LADRONES..! ¡ESO SON!

Se revolvió el pelo, caminó por la habitación, nervioso, ofuscado...

—¡CON LO QUE ME SALE ARREGLARLA ME COMPRO UNA NUEVA! ¡COMO SI FUERA LO MISMO UN ARREGLO QUE UNA NUEVA, DESGRACIADOS! ¡SON TODOS IGUALES!

Miró la pequeña *notebook* y pensó qué tendría. Se le pasó por la mente la idea de intentar arreglarla él, total... si ya no andaba... por ahí sólo era un cablecito nada más... quien sabe...

Se fue a dar una ducha, se cambió, se preparó unos mates. No quería ni ver su máquina ni pensar en nada, sólo distraerse un poco y relajarse.

Miró televisión un rato, y cuando se aburrió la apagó y fue a buscar un destornillador. *Notebook* en mano, con buena iluminación, empezó.

Enseguida se encontró con el primer problema: la máquina tenía tornillos en estrella y él sólo tenía destornilladores planos.

—No... que porquería esto...

Usó un destornillador plano y forzó los tornillos como pudo. Logró sacarlos todos, luego volteó la computadora para sacarle la tapa.

Probó una vez, dos veces... nada...

Empezó a tirar, empujar, pellizcar más fuerte... sintió calor... cambió de color... nada...

—Maldita cosa...

Empezó a palanquear la carcasa por todos lados, apenas pudo levantarla en algunos lugares, pero aún no conseguía sacarla.

—¡PORQUERÍA! ¡PORQUERÍAAAAA! ¡Esta cosa es re trucha! ¡Cómo me quisieron robar por esta carcacha! ¡Por Dios! Cómo me clavé con esto... salí de una vez, desgraciada ¡SALIIIIII!

Al máximo del esfuerzo saltaron los plásticos por todos lados. Ni se preocupó por ver si los había roto, ni se sintió más aliviado, miró los circuitos sin entender nada, buscando algún cable pelado, desconectado, o algo.

Vio que era todo chiquito y encimado; quizás debajo de aquellas cosas estaría el problema. Sintió subirle el calor al pensar en sacarle más cosas y darse cuenta de que quizás no podría volver a armarlo.

—Estas cosas complicadas al cohete, sólo para que uno no lo pueda arreglar, nada más ¡qué desgraciados los que lo hacen así, a propósito!

Entre destornillar, palanquear, tironear, fue desarmando muy lentamente todo...

Pero no pudo llegar a sacar sino un par de piezas... con todos los tornillos fuera no conseguía desprender el resto... empezó a sacudirla...

Más la forzaba, más la sacudía, más insultaba, más la golpeaba... nada...

—¡BASURAAAA! —gritó arrojándola al sillón.

Se quedó agarrándose de los pelos e insultándola en voz baja. Cuando se calmó prestó atención a un ruido nuevo que cobraba fuerza, como un suspiro.

Vio que venía de su *notebook*. Se levantó apurado pensando que milagrosamente la había arreglado, y vio sus lucecitas titilar y unos pequeños destellos de luz en la pantalla...

Cuando la iba a levantar se detuvo... los circuitos se levantaban y bajaban... como si respirara...

—¿Qué..? —sólo atinó a decir, cuando una descarga eléctrica partió de la pantalla, le pegó en medio de los ojos y lo incineró instantáneamente.

Sobre el sillón quedó la computadora perfectamente armada...

EL DÍA DE LA MAMI

MARIANELA HABÍA LLEGADO al pueblo hace muchos años, y siempre mantenía la misma reserva respecto a su vida, nadie sabía nada de ella.

Daba un poco de miedo ver su mansión: las rejas oxidadas no contrastaban en nada con los árboles secos y pelados, los jardines marchitos, las fuentes llenas de lodo fangoso y maloliente.

Las enredaderas resecas se habían despojado de sus hojas y semejaban venas muertas sobre todas las paredes y partes del techo.

Los caminos de piedra llenos de secos yuyos y escombros, era una clara invitación a no pasar.

En su exterior la mansión mostraba colores oscuros, fríos, mezclas de grises con pizcas de líneas negras, como lápidas al color.

Jamás un pájaro cruzaba sobre la "mansión oscura", como todos la llamaban; jamás se había visto vida alguna paseando por los jardines muertos y las fallecidas callecitas que la circundaban.

La única vida que deambulaba por su entorno era Marianela y muy de vez en cuando, su esposo, de quien jamás se supo el nombre ni le vieron el rostro.

Cuando las puertas rechinaban al abrirse, temblaba el barrio y los ojos curiosos corrían a las ventanas para ver salir la limusina negra, pulida, perfecta: el marido de Marianela salía a trabajar... o por lo menos eso suponían todos.

Todo el barrio salió a la calle cuando escucharon las sirenas. Una ambulancia había venido a buscar a alguien de la mansión, y desde lejos algunos alcanzaron a ver que Marianela salía en camilla.

Sin embargo salió sola, no hubo nadie acompañándola, la limusina seguía en la desvencijada cochera; y cuando pasó por la calle un murmullo de asombro acompañó el ulular.

Marianela estaba embarazada.

Su figura mostraba que una nueva vida vendría en pocos momentos ¡con razón desapareció de la vista de todos durante tanto tiempo!

Pasó lentamente y alcanzaron a ver su rostro: era joven y hermosa, sus cabellos negros y largos quizás llegarían hasta la cintura, su rostro blanco como una luna enferma resaltaban sus ojos negros como si la oscuridad brillara en su pupila.

Ojos que nadie se atrevía a mirar más de un segundo...

"En venta", "En venta", "En venta".

Las casas alrededor de la mansión comenzaron a venderse rápido después de que aquel rumor recorriera el vecindario como un escalofrío, aunque nadie las compraba.

Decían las malas lenguas que Marianela había dado a luz a un niño, pero que era sólo su esqueleto, totalmente descarnado...

Sin embargo ella lo tomó en brazos ante el espanto de los médicos presentes, y dio gracias a Dios por su bebé.

Cuando intentaron sacarle ese esqueleto (nadie entendía cómo pudo crecer tanto un esqueleto vacío), ella peleó gritando que no le quitaran su bebé.

Y dicen (pero ya sabemos que la gente exagera), que ella levantó una mano y todos los médicos murieron, pero los cuerpos no se pudieron encontrar, porque cuando salió del hospital la sala estalló (los bomberos dijeron que aquellos murieron por la explosión).

Dicen, la gente dice cosas ¿no? ¿Y cómo supieron lo que pasó si todos murieron?

Bueno, dicen que una enfermera vio todo y huyó.

También que ella murió un par de días después, cuando su casa explotó.

La verdad... ¡qué imaginación tiene la gente!

¡Y claro! ¡No era más que imaginación! Porque al poco tiempo se la veía a Marianela paseando por sus áridos jardines con un bebé en brazos ¡o me van a decir que después le creció la carne al esqueleto!

Y con el correr de los años aquel niño siguió creciendo, y Marianela empezó a relacionarse con la gente del barrio.

Y cuanto más trataba con la gente... más miedo le tenían y más se alejaban...

Solo bastaba una vez en que el pequeño de Marianela jugara con algún chico del barrio para que éste se enfermara, así que muy rápido su hijo se quedó solo.

Y siguió creciendo, y todos los que lo veían decían que era un niño muy hermoso y muy extraño, igual que su madre ¿y cómo será su padre?

Cuando el pequeño pasó sus cinco años de edad, Marianela lo llevó hasta la librería del barrio.

—Quiero papel de regalo —dijo en su lengua infantil, señalando un papel araña negro.

Temblando, el dependiente le alcanzó el papel.

—Es que se acerca el día de las madres —dijo el niño, trabando sus palabras.

La mamá sonrió y el vendedor sintió que se le aflojaban las piernas.

—Le voy a hacer un lindo regalo a mi mamá.

Salieron dejando en el suelo a un hombre aterrorizado, casi al borde del desmayo.

La limusina había llegado y se había detenido frente a la casa. Algunos vecinos salieron a mirar aquello poco habitual, porque siempre continuaba su marcha hasta dentro de la cochera.

Pero aquel día actuó diferente. Vieron un hombre muy alto salir de ella, increíblemente alto, quizás de unos tres metros de altura.

Llevaba un traje negro, camisa negra, guantes negros, corbata negra, y un largo pelo lacio más negro aún que casi le cubría el rostro.

De su mano el niño salió sonriente llevando en su pequeña manito una cajita negra envuelta en papel araña negro, con un hermoso moño negro quizás más grande que la caja.

Vieron salir a Marianela y alcanzaron a escuchar al niño gritarle:

—¡FELIZ DÍA MAMÁ! —y corrió a los brazos de su madre.

Ella lo levantó y le dio un beso, luego de un largo abrazo lo dejó en el piso. El hombre alto se acercó, la abrazó y le dio un beso en la boca.

—¿Lo hiciste vos solito?

—Sí, mamá —contestó en tono orgulloso.

—Sí, lo hizo el solito todo —dijo la impresionante voz gruesa del padre, que sobresaltó a los que escuchaban desde lejos, escondidos.

—Ábrelo a ver que es —continuó más feroz que un trueno, muchos ojos ocultos se persignaron.

Marianela abrió su regalo, lo desenvolvió completamente y vieron que nada había adentro, sino que era sólo un papel que simulaba guardar algo.

Aún así Marianela hizo un gesto de sorpresa.

—¡QUÉ HERMOSO! —y corrió rápido hasta el medio del jardín reseco, mirando el cielo por detrás de la mansión.

Unos puntos luminosos se dibujaron en el cielo. Primero fueron sólo dos, luego aparecieron tres más, después otros cuatro, y luego una cantidad incontable.

Los puntos trazaron una estela luminosa, dejando una larga humareda a su paso. Se dirigían hacia el suelo a portentosa velocidad, y al llegar al horizonte una luz cegadora lo iluminó todo.

Las voces de terror recorrieron el barrio. Las personas escondidas salieron huyendo al ver la enorme ola de fuego, polvo y luz, que se les venía encima.

Marianela corrió sonriendo con su hijo tomado de la mano, y los miraron, señalándolos a ellos como si disfrutaran del terror venidero.

La nube los alcanzó. Llevaba miles de cadáveres volando por los aires, junto con escombros, autos, edificios desperdigados, olor a fuego, a sangre.

Pasó sin tocar la mansión ni mover un solo pelo de Marianela, su esposo y su hijo.

—¡GRACIAS, MI AMOR! ¡ES EL HOLOCAUSTO MÁS LINDO QUE ME HAN REGALADO! —le dijo Marianela a su hijo con los ojos llenos de lágrimas de sangre y una sonrisa.

—¡FELIZ DÍA MAMÁ!

El estruendo no tardó en llegar y arrasó con todo el barrio, la ciudad, y quizás el país entero.

La madre de la muerte lo levantó en brazos y lo llevó adentro. La puerta se abrió antes de que llegaran, y los ojos encendidos de un rostro rojo enmarcado por dos grandes cuernos ensangrentados, le brindó una mirada de cariño.

La puerta se cerró sin poder evitar que el olor a azufre se mezclara con el de la muerte.

—¡FELIZ DÍA MAMÁ!

PIES

SALIÓ DE SU CASA apurando el paso para llegar al trabajo a horario. Se había quedado dormido y solamente el pensar en el descuento le apuraba la zancada, sus zapatos de taco de madera tamborileaban en el suelo como un cronómetro.

Salió a la vereda esquivando la multitud. Notó la mirada de sorpresa con que lo observaba la gente y sin darle importancia se apuró más.

Al ir acercándose a la parada del colectivo vio que muchos lo miraban con reproche, quizás con asco, con repulsión. Le miraban los pies, más bien los zapatos, así que se detuvo y observó que tenía, por ahí se le había pegado o enganchado algo, miró sus zapatos de lado a lado, miró sus plantas ¿algo en la bota manga? Nop, nada...

—¿Cómo puede salir así a la calle? —le increpó un hombre en la fila del colectivo.

—¿Qué?

Otro le golpeó el hombro violentamente.

—¡EH! ¡QUIÉN SE CREE QUE ES PARA ANDAR ASI!

—¿Qué? ¡Perdón! ¡No sé de qué me está hablando!

Varias personas se acercaron rodeándolo y gritándole furiosas. Comenzaron a empujarlo, a golpearlo, a insultarlo.

—¡Oigan! ¡Basta! ¿Qué pasa?

Cayó al suelo aturdido cuando un golpe fuerte casi lo dejó inconsciente. Sintió a la policía gritando que se alejaran, y vio cómo apartaban a la turba, cuando lograron despejar el lugar, lo miraron peor que los otros.

—¿A GENTUZA COMO USTED ESTAMOS PROTEGIENDO?

—¡DEBERÍAMOS DEJAR QUE LO MATEN!

Lo levantaron bruscamente y lo llevaron a la patrulla. Mientras avanzaba vio que todos miraban sus pies con asco.

Y entonces al mirar a los pies de los demás se dio cuenta: todos iban descalzos...

Después de unas horas tras las rejas, pensaba que aquello era una broma de mal gusto, quizás había algunas cámaras ocultas en algún lado, y no dejaba de estar entre perplejo, furioso, y asustado.

Cuando le dijeron que lo arrestaban por andar calzado comenzó a reírse, pero dejó de hacerlo inmediatamente cuando los policías lo golpearon varias veces con sus bastones.

Cuando lo presentaron frente a un juez descalzo, comenzó a reír sorprendido por lo que estaba viviendo, pero no creía una sola palabra, buscaba las cámaras escondidas.

Además ¿desde cuando en la Argentina se juzgaba a alguien tan rápido? ¿Apenas lo arrestaron ya lo llevaron ante el juez y ya lo condenaron? ¡Imposible! Eso no se lo creería a nadie, ya que estaban haciendo un programa con él, deberían ser más realistas, pero ¿quien le estaría haciendo semejante mala broma?

No sintió al juez venir y se sobresaltó al escuchar su voz ¡claro! ¿Cómo iba a escucharlo si andaba descalzo?

—¿ CUÁNTO TIEMPO MÁS PIENSA SEGUIR CALZADO? ¿QUÉ NO SABE QUE VA A MORIR PRONTO POR ESO? ¿POR QUÉ NO CAMBIA SU POSTURA?

Lo miró, ni siquiera se notaba que el juez estaba actuando, ¡parecía tan real! Por supuesto que si llevaban este chiste a este nivel era porque tenían artistas en todo esto, volvió a mirar buscando las cámaras ¿donde estarían?

—Todo el mundo anda calzado —respondió dubitativo.

El juez lo miró con un odio que mataría a la misma muerte, y se fue sin agregar nada.

Al minuto vinieron a buscarlo. Lo llevaron a la celda y lo arrojaron como a un saco. Esperó durante horas, vinieron a buscarlo y se lo llevaron a los empujones.

Lo presentaron ante una turba encabezada por el juez.

—¡LES PRESENTO A ESTA VERGUENZA HUMANA, ANDA DESCARADAMENTE CALZADO DELANTE DE TODOS SIN IMPORTARLE SI SON NIÑOS, ASÍ LO AGARRARON EN EL CENTRO DE MORÓN! ¿QUE JUSTICIA SE LE HARÁ?

—¡MUERTEEEE! ¡CONDÉNENLO A MUERTEEEEE! —gritaron todos.

Continuaron gritando un buen rato, insultándolo y arrojándole cosas, cada vez con más violencia. El juez se puso de pie y todos hicieron silencio.

PIES

—Pues entonces —dijo ceremoniosamente—, será condenado a morir desangrado por amputación de pies.

Se quedó mudo y perturbado sin sacar los ojos del juez, mientras todos gritaban frenéticos.

Se lo llevaron otra vez a la celda. Lo tiraron después de unos golpes más violentos que los anteriores, en el piso se tocó la frente y asustado, comprobó que le corría sangre.

Se asustó, aquello era mucho más que una cámara oculta ¿qué estaba pasando? Seguro no era chiste ¿y si no era un chiste pesado? ¿Y si era real? ¡ESTABAN POR MATARLO SOLO POR IR CALZADO!

Se sacó rápido los zapatos y los arrojó lejos. Inmediatamente sintió los pasos de los guardias acercarse.

—¡ESTOY DESCALZO! ¡ESTOY DESCALZOOOO!

De nuevo los golpes más violentos, quedó atontado repitiendo que estaba descalzo.

Lo arrastraron hasta una habitación maloliente y sucia. El piso estaba repleto de manchas de un rojo oscuro, en el centro había una camilla metálica con un cepo de dos entradas en un extremo... vio esqueletos de pies colgando por todos lados.

Luchando con los guardias lo subieron a la camilla y lo ataron. Colocaron sus pies en los cepos y horrorizado vio cómo montaban una enorme guillotina a sus pies.

—¡ESTOY DESCALZO! ¡ESTOY DESCALZOOO! —continuaba gritando y forcejeando con las ataduras.

Sintió la voz del juez alzarse entre las suyas.

—POR SU INDECENCIA DE ANDAR DESCALZO EN PÚBLICO, ALTERANDO EL ORDEN DE NUESTRA SANA SOCIEDAD... ES CONDENADO A MORIR DESANGRADO POR AMPUTACIÓN ¿TIENE ALGO QUE DECIR EL CONDENADO?

Horrorizado murmuró: "¿Por andar descalzo?", y miró los pies de todos... vio que todo el mundo andaba calzado con enormes zapatos de cuero negro, fuertemente sujetos con pesadas cadenas... no entendía ¡si hace unos minutos lo iban a matar por andar calzado!

—¡ME CALZOO! ¡ME CALZOO! ¡DENME UNOS ZAPATOOOS!

Aún pedía un par de zapatos cuando escuchó el sonido de sus pies al caer...

BAILANDO TANGO

ERNESTO ERA EL único de su edad que disfrutaba del tango. Cuando podía veía los programas de baile que hubiera en televisión, bajaba videos de Internet, escuchaba música y bailaba, como le salía...

Había lugares cerca de su casa donde podía aprender a bailar, los había visto a todos pero ninguno llegaba a convencerle.

Hasta que llegó a aquel centro nuevo y le encantó el frente de la casona vieja, en un estilo antiguo muy bien logrado, con grandes pasillos, blancas columnas, y las enormes puertas.

Veía a través de la ventana algunas prendas, sombreros y cuchillos de la época. Un bandoneón de adorno, y las fotos de grandes figuras del tango.

—¡Este es mi lugar! —dijo entusiasmado.

Buscó por donde entrar, alguien a quién preguntar, empezó a rodear el lugar hasta que encontró al jardinero trabajando.

—¡Hola! Quería saber con quién tenía que hablar para venir a aprender a bailar acá.

—Disculpe, pero no puede... este es un centro privado...

—¿Y cómo tendría que hacer para pertenecer a él?

—No lo sé. Creo que no puede... son ellos los que eligen, pero es muy difícil encontrarlos y hablar con ellos peor...

Se sintió decepcionado.

—¿En qué momento los puedo encontrar?

—No tienen un horario fijo y a decir verdad, nunca sé cuándo están, simplemente hago mi trabajo y me dejan la paga en mi casa, así que nunca tengo contacto con ellos.

Ernesto no supo que más preguntar ni cómo averiguar.

—Bueno... gracias de todos modos.

—De nada... hasta luego.

—Hasta luego.

Cuando ya estaba por cruzar la calle, el jardinero le gritó.

—¡Oiga! Durante la semana venga a darse una vuelta en distintos horarios, ¡en una de esas tiene suerte!

—¡Gracias!

Le llevó dos semanas de varios cruces al día, llegar a ver movimiento en la casona; fue de noche cuando pasó y vio luz, sombras en movimiento y música.

Cruzó la vereda, feliz y ansioso, se asomó a la ventana y los vio: vestidas a la antigua las parejas bailaban en un ambiente de velas, faroles, humo de cigarros.

—¡Genial!

Fue a la puerta e intentó pasar, pero estaba cerrada, golpeó varias veces pero nadie atendía.

Se acercó a la ventana y golpeó el vidrio insistente, hasta que un hombre de rostro amable y sombrero de ala negro, se acercó sonriendo y exhalando humo.

—¡Hola!

—¡Hola! Me gustaría aprender a bailar acá...

—Perdón... es un grupo privado, yo no decido, deciden todos los presentes sobre quien participa y quien no.

—¿Cómo hago para que me tengan en cuenta?

—Se los planteo. Date una vuelta más adelante y te digo que decidieron...

—¡Espere! ¡Fue muy difícil encontrarlos! ¿No podrían decidir ahora?

—No tomamos decisiones apresuradas, no creo que puedan... no...

—¡Por favor! ¡POR FAVOR!

—Esperá... ¿sí? —el hombre le saludó con la mano y se dirigió al salón.

Ernesto se sintió ofuscado, molesto, no estaba dispuesto a esperar, quería YA ser parte de aquello, empezó a golpear el vidrio insistente y cada vez más fuerte.

Poco a poco empezaron a mirarlo, algunos le sonreían, otros se esforzaban por no verlo. Poco apoco, atrajo las miradas de todos.

—¡OIGAN! ¡OIGAN!

—¡Te explicamos en otra ocasión! ¡Ahora no podemos! ¡Tenés que esperar! ¡Vas a romper el vidrio y traernos problemas a todos —le decían una y otra vez, pero Ernesto podía ser muy terco cuando quería.

Finalmente la música se detuvo y las parejas se acercaron a la ventana, él se puso contento y nervioso ¡Por fin podrían decidir!

—¿Qué querés? —le dijo un hombre de traje negro, grandes bigotes afilados y aceitados, al tiempo que se los peinaba con una sevillana.

Pensó que lo estaban amedrentando y se decidió a ponerse firme por si lo ponían a prueba.

—¿No entendés que no tomamos decisiones apresuradas? ¡Te podés arrepentir!

—¡No, no! ¡No me voy a arrepentir, quiero participar, quiero aprender!

—Tenemos que explicarte lo que hacemos acá... es...

—¡NO QUIERO EXPLICACIONES, QUIERO ENTRAR, QUIERO APRENDER, ESTAR CON USTEDES!

Se hizo un silencio pesado y notó cómo la luz del lugar se volvía de un color amarillo seco, tornando el salón y a los bailarines como una foto vieja.

Sintió la cerradura en la puerta abrirse, entró, lo recibieron con aplausos, con besos las mujeres y apretones de manos los hombres. El lugar era cálido, con piso de madera vieja que crujía a cada paso, con una antigua barra atendida por un mesero maduro vestido con una chaqueta de la época, todos los presentes se vestían igual. Lo llevaron a un cuartito apartado y le pidieron que se cambiara de ropa, gustoso se vistió como antaño, y salió a la pista recibido por los aplausos de todos.

Y una hermosa joven de pelo largo, negro, lacio, apareció, y empezó a bailar: ellos eran la única pareja de esa edad.

Y descubrió que algo mágico había pasado: podía bailar perfectamente como si lo hubiera estado haciendo toda la vida.

Bailaron durante horas, y comenzaba a amanecer cuando la música se detuvo y los presentes se sentaron en viejas mesas, a charlar. Se sentó con ellos, pero debía volver a su casa, en unas horas tenía que ir a trabajar.

Se despidió de todos, y cuando salió afuera se quedó paralizado de la sorpresa: las edificaciones eran totalmente diferentes, todas antiguas... las calles de tierra, caballos y carretas, y la gente vestida como la misma época del salón.

Sin cerrar la puerta, volteó a mirarlos:

—Somos el pasado manifiesto como entidades que puedes ver. Por eso te decíamos que esperes para poder explicarte que si entras nunca volverás a tu presente... —le dijo un anciano— y que vivirás tu eternidad bailando tango en el pasado... siempre en el mismo día... a la misma hora... la misma noche, repitiéndose una y otra vez... pero no pudiste esperar.

Comenzó a temblar y a mirar para todos lados desconcertado y aterrorizado.

—Bienvenido a tu eternidad bailando tango...

EL MEJOR DE LOS DÍAS

LA MAÑANA FRÍA otra vez, más fría que ayer, y más que anteayer. Realmente era un suplicio levantarse para ir a trabajar, mira el reloj y siente ganas de quedarse en la cama ¿a quién haría mal si falta?

No, no puede, sabe que su puesto es importante y aburrido. Se revuelve en la cama y mira el reloj: las seis y diez.

Se queda mirando el reloj, las seis y once, las seis y doce, las siete... ¿las siete?

¡Por Dios, debo haberme quedado dormido! —pensó, alarmado.

Se levantó de golpe, se vistió lo más rápido que improvisó, fue al baño, se lavó, se peinó, salió otra vez, tomó su portafolio y se enfiló a la puerta lamentando no poder desayunar.

La llave ¿adónde está la llave?

Hurgó en sus bolsillos, miró sobre la mesa ratona, donde siempre la dejaba ¡la llave por favor!

—Maldición ¿dónde las dejé?

Buscó la llave de emergencia, que por suerte estaba en el... en el... ¿dónde estaba la copia?

Comenzó a decir todos los improperios que se le pudieran decir a una llave, volvió a recorrer otra vez los mismos lugares que ya había revisado, esperando tontamente que volviera a aparecer como por artificio de brujas, pero nada...

¡Ya llegaba tarde! Bajando las escaleras a las corridas se tropezó en los escalones y rodó; quedó totalmente dolorido y masajeándose por todos lados.

Cuando se recuperó subió las escaleras, abrió su armario y buscó... no se dio cuenta de que la manga de su campera se enganchó con uno de los estantes... y fue muy tarde cuando se le cayó todo encima: ropa, cajas ¡un verdadero desastre! ¡Epa! ¡Ahí estaban!

Salió tropezando con las llaves en mano, bajó trastabillando la escalera, salteando varios escalones evitando pisar la ropa que llevaba arrastrando en sus pies, corrió a la puerta y después de probar una docena de llaves al tiempo que recordaba la familia de las mismas, logró abrir la puerta.

Corrió al garaje y abrió el portón levadizo golpeándose el mentón al subirlo de un tirón, se quedó friccionando la mandíbula e insultando al portón, entró al auto y ¿Dónde están las llaves del auto? Nuevamente la desesperación...

Volvió a entrar en su casa y *otra vez* a buscar las llaves ¿Dónde estaban? ¡POR DIOS, LA HORA!

Revolvió cajones, desparramó papeles... ¡cada vez quedaba más lío! Entonces las vio sobre la biblioteca. Corrió a tomarlas y de apurado le dio un tirón al voltear hacia la puerta... sin poder evitar enganchar el llavero con el más grande de los biblioratos... cuando intentó manotearlo para que no cayera, sacudió la biblioteca y se le vinieron todos los libros encima y la estatuilla de arriba se partió sobre su cabeza...

Recordando zonas de anatomía y a las hijas de mujeres alegres mientras se friccionaba el chichón, se fue al auto.

—¿Y AHORA QUÉ LE PASA QUE NO ENCIENDEEEEE?

El olor a combustible llenó todo el lugar al punto de marearlo. Tuvo que esperar bastante antes de volver a encenderlo.

Cuando logró sacarlo bajó apuradísimo a cerrar el portón... con la desgracia de apretarse la mano.

Se tiró de rodillas al piso al tiempo que se agarraba los dedos y palidecía, con los ojos lagrimosos y farfullando barbaridades del portón.

Le costó maniobrar con la mano hinchada, pero la desesperación por llegar al trabajo le hizo olvidar un poco el dolor.

¡QUÉ PASA CON EL TRANSITOOO! Quedó en medio de una multitud enardecida, veinte minutos en medio de un atolladero, se alteró más con los bocinazos, los insultos, las sirenas de la policía ¿Qué pasa adelante? ¡Me van a echar, más tarde no puedo llegar!

En eso escuchó unas explosiones y vio a un grupo de alborotadores peleando con la policía. De pronto la turba se dispersó al explotar una bomba de gas lacrimógeno, y cuando cerraba las ventanillas y ventilas del auto lo sintió sacudirse: los que escapaban pasaban corriendo sobre su auto... y la policía también...

—¡EH! ¡EEEEEEEEH! —gritó con los ojos llorosos al ver las marcas sobre su pintura. De pronto el golpe atrás de su auto lo asustó.

Viendo el lío que se avecinaba, los conductores comenzaron a empujar y chocar tratando de escapar. Desesperado miraba hacia todos lados tratando de encontrar por donde salir. En cuanto se apartaron un poco cruzó la plaza, mientras las balas de goma rebotaban contra sus parabrisas rajándolo y abollando el chasis.

—¡AY, NO! ¡NO, NO, NO, QUE NO ME LO CUBRE EL SEGUROOOO!

Chirriaron las ruedas acelerando al fondo, y no paró hasta que el problema se escuchaba bien lejos... justo cuando la sirena de una patrulla lo hizo detenerse de nuevo.

—Buenos días... su carné de conductor...

—Disculpe oficial ¿Qué ocurre?

—Pasó la luz roja.

—¿Qué luz? —miró por el espejo retrovisor y descubrió que no había visto el semáforo.

—No la vi, perdón oficial, es que... había una manifestación y empezó a haber problemas y me asusté y entonces... me apuré a salir de ahí.

—¿Manifestación? ¿Dónde?

—¡Allá atrás! ¿No escuchó las explosiones?

—No, no escuché nada, y nada se dijo por radio ¿Qué le pasa en los ojos?

—Fue el gas que tiraron...

—¿O está borracho?

—¡No! ¡No tomé!

Lo hizo bajar del auto y hacer un montón de pruebas de rutina: caminar en línea recta, pararse en un pie, y finalmente (¿por qué no lo hizo al principio?) soplar en un detector de alcoholemia.

Llegó tarde al trabajo, con los ojos irritados, jadeando por los gases y el apuro... y una boleta...

—Tarde... —le dijo la voz grave y aburrida.

No le dejó dar explicaciones, mientras se iba le avisó que se lo descontaría del sueldo a fin de mes.

Se sentó en su computadora, y ni bien arrancó vio en la pantalla un conjunto de símbolos que no dejaban ver nada.

—¡Ay no! ¿Y ahora que?

Reseteó su equipo varias veces sólo para descubrir que en cada intento arrancaba peor ¡mi trabajo!

Sintió un nudo en el estómago, tenía que presentar un informe a su asqueroso jefe pero la computadora se negaba.

—¿Qué pasa? —le dijo su compañero de al lado— ¿te puedo ayudar en algo?

—Sí, sí... esto no anda y tengo que presentar un informe muy importante, lo tengo que imprimir...

—A ver... —su colega se sentó en su computadora.

—¡Ups! Parece un virus... también puede ser problema de la placa de video... esperame un cachito a ver que puedo hacer...

Sentía que transpiraba de la ansiedad, si no recuperaba la información le esperaba una carrera de locos para armar todo de nuevo.

Y como no podía ser de otra manera, tuvo que volver a traer una pila de libros, carpetas, informes y un largo etcétera de cosas... y volver a empezar a trabajar febrilmente.

Transpiraba de los nervios... y más aún cuando se volcó la taza de café casi hirviendo en sus pantalones.

—¡AY! ¡LA P..!

Salió corriendo al baño... sólo para tropezar con el mensajero que cruzaba... terminaron los dos en el piso, y él, con un enorme hematoma en la pierna.

Después de muchas horas de trabajo voraz, sentía que le habían comido el alma. No pudo almorzar, tenía un golpe en la cabeza, aún le ardían los ojos por el gas, la mano hinchada, un golpe en la pierna, transpirado de los nervios, el cuello duro de tanto mirar la pantalla en la misma posición, el auto lleno de bollos y rayas, una quemadura en la ingle, una multa, golpes por todo el cuerpo por la caída en la escalera...

Así llegaba a su casa esa noche, después de haber pinchado dos ruedas en el camino. No tenía muchos ánimos de bajar del auto... se quedó con la cabeza apoyada en el volante.

Y se sobresaltó cuando sintió que le golpeaban el vidrio.

—¡Hola! ¿Estás bien? —le preguntó una voz dulcísima.

Levantó la cabeza de un salto.

—¡PERDÓN! No te quise asustar —era su vecina, una hermosa y joven rubia a la que nunca se animaba a invitar a salir, a pesar de que se moría por conocerla.

—Sí... sí... —respondió nervioso— es que tuve un día muy difícil.

—Bueno... —y le iluminó el alma su sonrisa— te ayudo a entrar ¿sí?

Le ayudó con el portón, con su valija, mientras ella le hablaba, él no sabía que decir.

—Bueno... me alegra haberte ayudado... ¿te puedo preguntar algo?

—Sí...

—¿Tenés novia?

—No...

—¿Podríamos salir este sábado?

—Sí... —le temblaban las piernas.

—Vengo por acá a las ocho ¿te parece?

—Sí...

Le dio un beso en la mejilla y se fue. Sintió que se le habían pasado todos los dolores, no podía dejar de sonreír.

Cuando por fin se fue a acostar, pensó:

—¡Guau! ¡ESTE ES EL MÁS HERMOSO DE MIS DÍAS!

1

EL MITO

ESTABA CANSADO DE avanzar en la oscuridad, con mi linterna y un machete, buscando... pero lo había encontrado.

Había logrado despejar las densas enredaderas que cubrían aquello nuevo, y mi último golpe de machete me trajo la muestra del mito: una estatua de plantas, hongos y enredaderas.

Limpié la estatua femenina y vi asombrado que no era ningún tallado, sino una especie de momia perfectamente conservada al punto de lo macabro, porque inclusive la piel conservaba la tersura de una mujer joven.

Seguí buscando el mito y encontré muchas estatuas iguales. Mi corazón se alegró: cubierta por el bosque, despejé a machetazos una sepultura y entonces vi una cúpula de cristal, y adentro...

Recordé la historia: todo un pueblo vivía bajo un reino de paz y amor, hasta que una maldición puso a dormir a una mujer, pero de algún modo la maldición los cubrió a todos.

Pensé que ella era de algún modo la principal influencia espiritual sobre todo aquel reino, ahora de estatuas, y recordé lo que la leyenda decía: si despertaba a la mujer con un beso todos despertarían en el reino embrujado.

Sin demoras, tomé mi mochila y busqué entre mis armas. Saqué una azada y una estaca, y comencé a cortar raíces, troncos, y toda la vegetación sobre el cristal.

Entonces pude ver claramente a la mujer: era de cabello negro nocturno, y su piel blanca como la nieve.

Actué rápido, rompí el cristal, toqué la boca de la mujer y supe que de algún modo estaba viva, su boca era carnosa y suave como invitando al beso.

Sin dudarlo, sabiendo que hacer, tomé la estaca y de un golpe atravesé su corazón... justo en el instante en que me di cuenta... de que me había equivocado de mito...

EL OJO

HABÍA NACIDO CON una maldición manifiesta por primera vez a los diez años, cuando al mirar el vaso de donde iba a beber vio unas imágenes terroríficas por lo desconocido, y gritando asustado arrojó el vaso contra la pared, para susto y enojos de sus padres.

Al repetirse hechos parecidos lo llevaron al pediatra y luego al psicólogo. Lo trataron durante años sin resultado alguno, es más, parecía que empeoraba.

Hasta que un día dijo ver en un adorno de plástico metalizado, la imagen de un enorme avión cayendo sobre un estadio, contaba llorando horrorizado cómo la gente moría incendiada, otras aplastadas por la muchedumbre tratando de huir. Casi dos semanas después el accidente ocurrió tal como él lo había dicho.

Fue el puntapié para que sus padres lo llevaran a visitar brujos, videntes, tarotistas y otros seres de películas fantásticas... una enorme colección de charlatanes de la raza humana.

Su familia guardó silencio. Prefirieron decirle a todo el mundo que él ya estaba curado, que no tenía más visiones, y en secreto siguieron buscando entre personas más serias, convencidos de que el niño tenía un don.

Cuando llegó a la adolescencia conocieron al Padre Matías, un sacerdote católico con una capacidad inaudita: podía ver los dones en las demás personas.

Después de una corta ceremonia el padre les dijo:

—Daniel tiene el don de ver a través de otros ojos, lo que otros viven, y... creo que podría controlarlo.

—¿Controlarlo? —preguntó su madre.

—Sí, cuando comencé a ver los dones de las demás personas, al principio no entendía lo que sentía y resultaba muy confuso cuando estaba con una multitud, pero mi abuelo me enseñó a controlarlo y enfocarlo, él tenía el mismo don y lo aprendió a su vez de mi bisabuelo. Con los años logró dispararlo cuando él quería, dormirlo, despertarlo, lo manejaba a su antojo.

Daniel sonrió pensando que quizás podría frenar las imágenes que veía en todo objeto que pudiera reflejar la luz, y pensó en lo lindo que se vería su habitación sin los tonos opacos que lo rodeaban ¡ahora podría poner un espejo!

—¿Qué tiene que hacer? —preguntó su padre— ¿Usted puede ayudarlo?

—Sí, ¿estás dispuesto a aprender, Daniel?

Asintió sonriendo.

—Entonces podemos empezar cuando vos quieras... yo estoy casi siempre aquí, en la iglesia.

—¿Puedo empezar ahora?

El Padre Matías asintió, sus padres sonrieron y su primera lección comenzó.

Al ir creciendo su don aumentó con una fuerza increíble. Aprendió a controlarlo de modo que ya podía tener una vida normal. Su habitación tenía espejos, un enorme velador metalizado, vidrios comunes en las ventanas reemplazaban las maderas terciadas pintadas de negro, y en su escritorio había un vidrio con fotos debajo, algo que siempre había deseado.

Aquel día había asistido a otra de sus clases especiales con el Padre Matías, le había dicho que iba a intentar algo nuevo, y estaba ansioso. Solo deseaba no ver algunas cosas horrendas que había visto, principalmente cuando a regañadientes, la policía venía a solicitar su ayuda para resolver algunos casos difíciles, y él había tenido que ponerse en el lugar de la víctima... y ver lo que ella veía...

Por suerte no lo molestaban mucho. El Padre le había dicho que no debía abusar de su don, que podía traerle problemas, pero él se sentía cada vez más seguro de su control y a veces se divertía con sus visiones.

La iglesia estaba cerrada. La rodeó siguiendo el caminito de siempre entre el jardín. Llegó a la salita de "San Francisco", el Padre Matías lo esperaba.

—Hola, Daniel.

—Hola, padre.

—¿Qué contás? ¿Todo bien?

EL OJO

—Sí —contestó sonriendo por la acostumbrada pregunta.

—Sentate, hoy tenemos algo especial que trabajar...

Se sentó y sin charla ni dilaciones, el padre comenzó.

—Hasta ahora hemos estado trabajando tu don con personas vivas y recientemente fallecidas, pero... pienso que podés lograr más, ir más atrás en el tiempo de lo que lo hemos intentado hasta ahora, e incluso...

—hizo una larga pausa, quizás para incrementar la expectativa al mejor estilo de una película de suspenso. Daniel se impacientó, sabía que al padre le gustaba teatralizar un poco, no quería darle el gusto preguntándole "¿E incluso que?" Así que se forzó para quedarse viéndolo sin decir nada.

El padre lo miró y se quedó esperando que él le preguntara, ofuscado continuó, para el gusto de Daniel, que sintió satisfacción por haberle ganado.

—Bueh... e incluso pienso que podés usar tu don para ver a través de los ojos de otros... en el futuro... y en el pasado...

Sintió que su alegría se desvanecía por la nueva ansiedad ¿ver a través de otros ojos lo que otros ojos aun no han visto? ¿Y qué tan atrás en el tiempo?

—Pero... padre... respecto al pasado yo ya veo a través de las víctimas que fallecieron hace poco...

—Sí, ya lo sé, pero... pienso que podemos intentar ver a través de los ojos de los que murieron hace muchos años, quizás cientos de años ¡o miles!

Daniel abrió grande los ojos ¿miles de años atrás? No lo hubiera imaginado. Comenzó a soñar despierto con ver a través de los ojos de los grandes personajes de la historia, sonrió imaginando lo que podía ver y aprender.

—Antes de ver visiones ajenas en el futuro, deberías manejar y controlar perfectamente lo que otros vieron en el pasado —le aclaró el Padre Matías.

Asintió sonriendo ¿cuántos secretos perdidos podría rescatar ahora?

Días, meses, años, decenas de años... cientos de años atrás... había logrado ver lo que otros vieron hacía miles de años...

Aquel día había llegado a cenar a la iglesia con sus padres invitados por el Padre Matías. Durante la cena Daniel los divirtió viendo cosas de la juventud de sus padres y del Padre Matías, que puso a los invitados por momentos entre divertidos, nerviosos, y avergonzados, para carcajadas de quien no era indagado.

Mientras cenaban y charlaban, pensó en lo mucho que le debía al Padre Matías. Por primera vez en su vida sentía que tenía una misión en el mundo y que aquel don no era una maldición, sino una bendición de Dios.

El Creador tenía motivos para que él tuviera esa visión, pero ¿cuál sería el motivo?

Miró al religioso y pensó en lo mucho que él le había ayudado, antes pensaba que estaba medio loco, y gracias a él sentía que era muy especial ¡cuánto le debía!

"Si pudiera pagarle de alguna manera" —pensó— "¿Qué podría hacer por un hombre como el Padre Matías? ¿Qué podría darle?".

Los veía reír y sonreír y sin que supieran se reía o sonreía según los demás comensales sin saber de qué hablaban, simplemente porque su mente estaba maquinando cualquier otra cosa... ¿qué podría querer el Padre?

Y entonces lo vio... colgando del cuello del religioso... el crucifijo grande, negro... la imagen de Cristo en la cruz.

Sintió que el corazón se le salía: "¡Eso es! ¡Podría intentar ver a través de los ojos de Cristo y contarle al Padre todo lo que Él hizo y no está en los libros, podría reconstruir toda la historia para él... y mejor aún, para toda la humanidad!".

"¡ESE ES MI DESIGNIO!" —pensó— "¿Debería preguntarle al Padre qué le parece..? Mejor no... que sea una sorpresa..."

Se levantó de la mesa y se dirigió hacia el patio ¿cuándo empezar? la ansiedad no le dejaba ver absolutamente nada con claridad... no podía esperar, tenía que empezar ahora...

Caminó hasta la sala favorita del Padre, donde tantas horas habían pasado juntos entrenando su mente, se sentó en la silla de madera labrada y antigua.

Se sintió relajado, escuchaba las risas a la distancia e hizo un esfuerzo para evitar sonreír, necesitaría de toda su concentración...

Cerró los ojos y respiró profundamente, visualizó un número diez, y comenzó una cuenta regresiva con cada exhalación.

Un punto luminoso apareció tras sus párpados cerrados...

EL OJO

Aquel punto luminoso creció en su mente hasta transformarse en una pantalla circular, y en la pantalla se veían desplazarse nubes oscuras, negras y azules, como si viajara en un túnel con paredes de humo.

Se concentró en Cristo, solamente con pensar en un nombre él podía ponerse en su lugar, ahí, delante de sus ojos... figuras borrosas comenzaron a dibujarse...

Se concentró más profundamente, tal como el Padre Matías le había enseñado: las figuras se hicieron más claras, estaba llegando...

El Padre Matías reía hasta las lágrimas, cuando el papá de Daniel se levantó para alcanzarle un vaso de cerveza, la luz de la habitación bajó.

—¡Epa! —exclamó el Padre—. Algo raro está pasando...

—¡Sí, que está tomando mucho! —rieron los padres de Daniel—. Es sólo un bajón de corriente, nada más.

—No. Es otra cosa. Siento... siento que algo raro, es como... —miró alrededor— ¿Adónde está Daniel?

—Debe haber ido al patio o al baño —respondió Romina.

Los objetos en la mesa comenzaron a temblar, pronto los acompañaron los cuadros, los muebles, la araña del techo.

—¿Qué pasa? —dijeron a coro los padres de Daniel.

—¿Un terremoto aquí?

El Padre Matías cerró los ojos, pasaron cerca de diez segundos cuando los abrió exaltado.

—¡PRONTO, HAY QUE ENCONTRAR A DANIEL! —dijo, al tiempo que salía corriendo por la puerta. El televisor cayó al piso estallando, la araña cayó partiendo la mesa a la mitad, los cuadros volaron de la pared como si ésta los hubiera soplado.

No tuvieron que correr mucho, en la salita de San Francisco se veía una intensa luz blanca, las paredes se expandían hacia fuera y luego hacia adentro, rítmicamente, como si respiraran. El techo subía y bajaba como un gigantesco fuelle, un sonido atronador, como un trueno interminable venía de su interior.

Cuando se iban acercando la sala estalló, y los pedazos de las paredes, la puerta y la ventana, los golpearon lanzando a los tres hacia atrás. Cuando volvieron a incorporarse, lo vieron...

Alrededor de Daniel no se veía la habitación, sino que había un trozo de desierto, gente llorando, rocas, y... soldados romanos.

—Daniel... ¿Qué hiciste? —susurró el Padre Matías, con un gesto horrorizado.

—¡DANIEL! ¡DANIEL! —gritó su madre.

Corrieron a acercarse a Daniel, y pudieron ver que sus ojos despedían llamas, Daniel sonreía.

—¡DANIEL! ¡PARÁ LO QUE ESTÉS HACIENDO! —gritó el Padre Matías.

—¡DANIEL, HIJO! —su padre intentó acercarse, pero un soldado romano lo detuvo y le gritó algo que no pudieron entender.

—¡ES INCREÍBLE, PADRE... ESTOY VIENDO A TRAVÉS DE LOS OJOS DE CRISTO! —gritó Daniel.

—¡NOOOOOOO! —le contestó en un alarido desesperado Matías —¡NO JUEGUES CON ESO, TENÉS QUE SALIR DE AHÍ YAAA!

—¡ESPERE, ESPERE! —respondió Daniel haciendo un gesto de alto con la mano.

Inmediatamente ocurrió: la remera que cubría a Daniel se rompió en pedazos cuando los latigazos aparecieron sobre su cuerpo para desaparecer inmediatamente dejando su espalda en carne viva. Una corona de espinas surgió sobre su cabeza, una lanza atravesó su costado, los brazos se extendieron y unos clavos atravesaron sus manos, mientras levitaba en el aire y sus pies se juntaban en la posición de la cruz... el alarido de Daniel fue acompañado por el de los presentes.

Intentaron rescatarlo, pero más soldados romanos aparecieron y comenzaron a golpearlos y amenazarlos con lanzas.

El cielo se cubrió de nubes, los rayos comenzaron a caer alrededor de ellos, la iglesia, sus muros, la casa, los edificios alrededor... estallaban en trozos de llamas...

Quisieron llegar a Daniel, pero el suelo comenzó a agrietarse y a levantarse en grandes pedazos que los hicieron caer.

Vieron su cuerpo caer al suelo, un grupo de mujeres lo envolvió con una sábana, una fuerte neblina y un viento furioso lo ocultaron por momentos.

Las cosas se calmaron. Cuando reaccionaron para acercarse corriendo a Daniel, su cuerpo se llenó de una luz tan fuerte que no pudieron verlo... y quedaron ciegos.

Cuando recuperaron la vista lo miraron. Ahí estaba Daniel, de pie, con sus ropas relucientes, con un rostro luminoso, una sonrisa de paz... y los ojos aún despidiendo fuego...

—¡DANIEEEEEEEEEEEEL! —le gritaron todos.

Levantó sus brazos al cielo... y desapareció en un estallido de luz...

La lluvia comenzó despacio, el viento sopló nuevamente un poco más fuerte, sus padres lloraban, el Padre Matías rezaba, arrodillado en el suelo.

Una cruz de madera se materializó en medio del caos... cayó al suelo y estalló.

Fue una noche muy fría...

EL PASE

ADELAIDA CAMINABA LENTAMENTE acompañada de la paciente presencia de Emmanuel, su nieto. El cementerio estaba en silencio aquella mañana mientras una brisa fría recorría a sus habitantes. Un cielo nublado dejaba un hijo en niebla sobre las cosas, con pequeñas pecas de cristal sobre las cruces.

Llegaron en silencio adonde la encrucijada de cuatro tumbas antiguas marcaban el centro exacto del cementerio. Adelaida había sido una consumada bruja en sus tiempos de juventud, y el visitar a sus ancestros en determinadas épocas renovaba sus dones.

Emmanuel sonreía viendo el ritual de su abuela sobre las cuatro tumbas, sólo lamentaba el tiempo que perdería esperando a que terminara, con tanto que tenía que hacer.

Aburrido, se sentó en un banco de mármol blanco y paseó sus ojos sobre el paisaje conocido, sin esperar nada nuevo. Molesto por la monotonía, apoyó sus codos en sus rodillas y su rostro entre las manos, mirando el piso.

Un destello dorado le llamó la atención desde la alcantarilla, se levantó y miró sin darle importancia: adentro había una moneda.

Intentó levantar la alcantarilla y no pudo, tiró de ella al máximo de sus fuerzas pero nada logró.

Buscó un par de palitos para tratar de agarrarla cuando Adelaida se acercó con su lento andar para ver que estaba haciendo, mirándolo con un gesto de reproche. Se agachó apenas y miró la moneda, un gesto turbado se apoderó de sus ojos.

—Ni intentes sacarla —le susurró golpeándolo varias veces en el hombro— es un pase al mundo de los muertos, dejala donde está.

—Está bien, abuela —contestó para sacársela de encima, decidido a agarrar la moneda más por entretenerse en algo que por su valor.

Cuando la abuela llegó a la parte de las oraciones era su oportunidad: ella estaría bien quieta por largo tiempo.

Miró la moneda calculando el trabajo, sobre la cara visible, había un par de manos dibujadas, estrechándose. Se dio cuenta que no era una moneda corriente y que quizás era extranjera.

Metió los dos palitos, pudo moverla, darla vuelta, logró levantarla en un par de ocasiones para volver a perderla. Las rejas de la alcantarilla lo molestaban y le daba la sensación de que se habían cerrado más, las miró extrañado, como si intentaran evitar que se hiciera con la moneda.

Observó a la abuela y sintió que algo frío y duro rodeaba sus muñecas de un golpe, miró asustado, el terror lo paralizó: dos manos doradas habían salido de la moneda y lo agarraban.

Forcejeó con ellas intentando zafar, las manos lo tironeaban hacia abajo con fuerza descomunal, sintió que le arrancarían los brazos. Vio más aterrado aún cómo los barrotes de la alcantarilla se abrían como si fueran de goma... y no pudo gritar ni siquiera cuando cayó arrastrado.

—Emmanuel ¡Emmanuel! —llamó la voz de Adelaida sin tener respuesta... y su llamado angustiado se fue apagando en el vibrar de la moneda.

GARABATO

DESPUÉS DE BORRAR la pizarra blanca, a la maestra se le ocurrió hacer un dibujo de un hombrecito: una carita redonda, dos puntitos para los ojos, uno para la nariz, una línea recta para la boca, y liniecitas para el tronco, los brazos y las piernas, y unas manitos y pies bien infantiles.

—Hasta el lunes —se despidió del hombrecito sonriendo.

Cuando llegó al pasillo y a punto de bajar la escalera, vio un dibujo idéntico al suyo al costado de la pared.

Se acerca sorprendida y lo toca.

—Lo debo haber visto sin darme cuenta, y lo memoricé ¡es idéntico!

Baja la escalera, camina hacia la puerta y saluda a la portera con la mano. Cuando sale y cierra la puerta, ve sobre la misma el garabato, su dibujo, idéntico, sobre la puerta.

—¡Epa! —murmura.

Se queda examinándolo ¿cómo puede ser? Eso no estaba cuando llegó hoy.

Camina pensativa hacia el estacionamiento, y en el dorso de un folleto tirado en el suelo vuelve a ver su garabato.

—¡Ay, Dios! —siente un escalofrío.

Lo pisa y lo mira detenidamente ¡es el mismo!

Apura sus pasos al estacionamiento y sonríe al pensar que un monigote la persigue, se ríe de su ocurrencia y aminora los pasos.

Arranca su auto y antes de salir, mira por el espejo retrovisor y se sobresalta: atrás, sobre el muro, ve su dibujo. Voltea a mirarlo, se baja del auto y se acerca, agitada.

—No entiendo... no entiendo... no estaba hoy... ¿qué es esto?

Sube al auto apurada y asustada. Sale rápido, quiere llegar a su casa lo antes posible y sentirse segura.

Toma la autopista, y cuando va por el carril rápido, alcanza a ver a su dibujo en la medianera de un edificio.

—¡Ay Dios, me da miedo! —susurra.

En la curva lo ve, adelante, y acelera más aún.

Pasa a un camión y descubre en el costado a su hombrecito.

No puede evitar un gemido de temor, pero no sabe bien por qué le da miedo su dibujo. Se le ocurre que quizás aún esté en la pizarra de la Escuela y todo sería una gran casualidad, quizás sea algo como una campaña ¡eso debía ser! ¡Y ella lo había dibujado recordándolo de algún lugar!

Entonces mira al costado, en el tapizado del asiento del acompañante, y agitada ve flamante a su dibujo.

Escucha los chirridos de los frenos de otros autos cuando el ruido del metal retorciéndose en décimas de segundos, la aturde.

Pasa un tiempo infinitamente pequeño lleno de luces y confusión. Cuando logra entender lo que ocurre siente la vida irse, ve los hierros retorcidos saliendo de su vientre, de su pecho.

Y cuando el sueño la inunda y sus ojos se cierran, ve al garabato al lado... sonriéndole.

GEMELAS

NACIERON EL VEINTE de febrero, perfectamente sanas, igualitas...

Fue puro festejo su llegada, y sus nombres pasaron de boca en boca llegando a todos los puntos de la familia: ¡llegaron las gemelas!

Ningún otro nacimiento trajo tanto alboroto como aquel, y es que en todas las familias los gemelos eran pocos... pero en la de ellos tenían milenios sin recibirlos.

Aquella familia llevaba la tradición hirviendo en la sangre, y se pasaban de boca en boca sus creencias y costumbres. Hace muy poco los más jóvenes comenzaron a ponerlas en papel, a pesar del disgusto de los mayores, que decían que eso anunciaba la muerte de la marca de su linaje.

Y entre sus tradiciones figuraba una profecía, llamada "*El Comienzo de las Gemelas*". En un párrafo decía:

"A la luz dos gemelas,
bienaventuranza a un final,
un nuevo mundo tendrá
paz y silencio eternamente."

Así que las criaron casi con reverencia. Dos niñas anunciadas hace miles de años atrás por antiguos pergaminos, en donde se mencionaba cómo serían las niñas, que llegarían después de siglos, se las mencionaba, sí, tenían que ser ellas.

Se aseguraron que recibieran la misma crianza, educación, juegos y juguetes, una vida exactamente igual para ambas, crecieron con las mismas amigas, iban a los mismos lugares, estudiaron en las mismas aulas... no las separaban nunca.

Cuando tenían diez años una maestra aconsejó a sus padres que debían separarlas en la escuela, en grados diferentes, sino sufrirían mucho cuando debieran hacerlo de grandes.

Lo hablaron en una enorme reunión familiar, con todos los parientes de todas partes de la Argentina, y del mundo.

Formaron un consejo de ancianos, leyeron cientos de antiguos manuscritos, discutieron las profecías durante horas, días, semanas...

—Las gemelas también son humanas... a pesar de su anuncio divino. Tal vez debemos pensar un poco más en la persona que son... y hacerles un bien.

Decidieron separarlas...

Aquel día fue totalmente normal para las niñas, pero cuando llegó la hora de ir a las filas por grados, empezó el drama.

Romina la miraba a Gabriela con los ojos confundidos y azorados, Gabriela le devolvía la misma mirada.

—¿Porqué me llevan a otro grado? —preguntó Romina.

—A partir de hoy vas a ir a un grado diferente, vas a tener nuevos amigos, vas a ver que te vas a divertir —le respondió la madre.

—¿Porqué Romina va a otro lado? —preguntó Gabriela buscando a su hermana con desesperación.

Pero antes de que el padre contestara, escuchó el grito desesperado de Romina, que forcejeaba con la madre y la maestra.

—¡NO NOS PUEDEN SEPARAR! ¿NO SE DIERON CUENTA? ¡QUIERO ESTAR CON MI HERMANA!

Gabriela escuchó y corrió hacia Romina, justo cuando la otra maestra y su papá le cortaron el camino.

—¡QUIERO IR CON ROMINA, ROMINAAAAAAA!

Toda la escuela miraba el escándalo de las gemelas, los padres, maestras, la directora, todo el personal se había hecho presente tratando de contener a los demás niños y dando explicaciones a los otros padres.

¡QUÉ PAPELÓN!, pensaban los padres y docentes y comenzaron a enojarse con las niñas.

—¡NO NOS SEPAREN, NO NOS SEPAREN! ¡ES UN ERROR! —gritaban llorando irritadas, forcejeando con los adultos. Los grados marchaban a las aulas y ellas seguían en la lucha.

—¡Listo, las llevamos a escuelas diferentes y ya! —dijeron molestos los padres; Romina fue llevaba a los tirones hacia fuera con el asentimiento de la maestra.

—¡NOOOOOO! ¡NO! ¡NO! ¡NO! ¡NO NOS SEPAREN! NO DEBEEEN —gritaban con alaridos desgarradores y ahora ambas peleaban a los golpes sin conseguir nada.

Cuando Romina llegó afuera de la escuela llorando, gritó:

—¡NO CUMPLAN LA PROFECÍA, NO LA CUMPLAAANN!

Los padres se detuvieron sorprendidos y asustados por el comentario, al tiempo que vieron resplandecer su cuerpo y Gabriela salía corriendo de la escuela exudando llamas furiosas por cada poro.

—¡YA ES TARDE, ES TARDE! —gritaban las niñas envueltas en llamas.

Una luz furiosa y un sonido sordo surgió de ellas. La onda expansiva dio la vuelta a la tierra tres veces, arrasando ciudades, bosques, mares, y levantando un hongo negrísimo tan alto que se perdía en la atmósfera, dejando un planeta desierto.

Y entonces se cumplió la profecía:

"Un nuevo mundo tendrá

paz y silencio eternamente."

PIQUETE

EL CHIRRIDO DE los frenos hizo que voltearan a mirar sobresaltados: el auto derrapando los atropelló a todos...

Después los alaridos de terror. Se levantaron los que pudieron y se sumaron nuevos alaridos...

Algunos se levantaban sin cabeza, otros sólo elevaban la mitad de sus torsos, allá salía el conductor con el cuerpo atravesado por hierros y vidrios. Todos destrozados pero aún vivos...

El avión caía en picada desde hacía varios minutos, sin posibilidad alguna de recuperarse, los pilotos tiraban del timón casi como un acto reflejo, aún sabiendo que morirían.

El impacto sobre la montaña retumbó en todo el horizonte, la explosión elevó una cortina de luz y fuego hacia las estrellas y la máquina se desbarató en miles de pedazos de metal y carne.

—No entiendo... —decía la voz del piloto desde la cabeza separada del cuerpo y envuelta en llamas.

—Yo tampoco —respondía el copiloto sin un brazo, con su torso vacío de órganos.

—Ambos estamos vivos...

—Y no sólo nosotros...

A la luz de las llamas se veían los pedazos de la gente entre los hierros y las llamas: brazos retorciéndose, piernas pateando, cuerpos descuartizados arrastrándose con un solo brazo, restos humanos palpitando hechos carbones... pero aún vivos.

Salían borrachos, riendo a las carcajadas, cervezas en mano.

Los tres volvían a sus casas después de una noche de diversión cuando cruzaron la barrera... sin ver que el tren venía a toda velocidad...

Las ruedas chirriaron saltando chispas a varios metros de distancia, y los tres hombres se mezclaron en una sola mancha de sangre y un rompecabezas de huesos.

—¡JAJAJA! ¡NOS AGARRÓ EL TREN! —decía una media cabeza, casi pura mandíbula.

—¡SÍIII! ¡JAJAJA! ¡Y GUAUU! QUE BUENO CÓMO VOLAMOS —respondía otra —¡Y GENIAL CÓMO QUEDAMOS, EH!

—¡SÍ, SÍ! ¡RIÁNSE AHORA! —respondía un medio torso— ¡A VER CÓMO LE EXPLICAN A SUS SEÑORAS QUE QUEDARON ASÍ! ¡JAJAJA!

Y la carcajada de los tres retumbaba en la oscuridad para el terror de los otros presentes.

Sobre la faz del mundo el fenómeno se sucedía: debían morir... pero seguían vivos.

—Me parece inaudito —tronaba en los confines celestiales la voz del Infinito.

—Es lo que piden, Señor —le respondía un ser de luz arrodillado.

Y atrás, en silencio, desde un extremo del infinito al otro, la legión de Muertes aguardaban con las pancartas en alto y las banderas quietas... Con las hoces esgrimidas mostrando presencia.

Y entonces la voz se hizo más profunda retumbando en las Muertes, haciendo temblar las hoces, agitando sus túnicas harapientas, sacudiendo las plumas de los ángeles y arcángeles, asustando a los demonios que observaban desde el horizonte entre mundos...

—¡LES SERÁ CONCEDIDO! ¡UN DESCANSO VIVIENDO COMO HUMANOS CADA MILLÓN DE AÑOS DE LA TIERRA... LOS IRÉ TURNANDO..!

Las voces de victoria retumbaron por todo el limbo, las pancartas y carteles cayeron, las hoces se alzaron en alto.

—¡PERO SI VUELVEN A HACERLO..! —les advirtió el Señor dándoles una luz fortísima que las llevó a arrodillarse.

—Y AHORA... ¡VUELVAN A TRABAJAR!

Y los que debían morir... cayeron.

HILITO

VA CAMINANDO TRANQUILO y distraído al regreso de su trabajo, después de un entretenido día, cuando una brisa trae a sus pies un billete.
—¡CIEN PESOS! —grita alegre y se agacha.
Pero la brisa se lo lleva.
Corre tras el billete y cuando lo va a agarrar, otra vez vuela.
—¡Pero che..! —murmura, riéndose.
Se apura detrás del billete que vuela de un lado para el otro.
Intenta pisarlo, se tira encima, gatea a los manotazos, pero nada...
Se ríe fuerte y divertido, le arroja encima su mochila, no sabe que más hacer para agarrarlo.
Ya lleva una cuadra detrás de él, medio divertido y medio ofuscado... cuando ¡por fin! Lo agarra.
Lo limpia un poco y entonces descubre un hilito casi invisible que cuelga del billete. Lo mira bien, y descubre que el billete está atado ¡No era el viento! Piensa en alguna cámara escondida, en un chiste...
Lo sigue para ver a las manos de quien lo lleva...
Y se detiene, helado.
Frente a él, con su túnica volando como una sombra macabra, la muerte...
Se queda duro, aterrorizado, mira la larga hoz... La muerte levanta una mano y le muestra el hilito atado a ella.
Y cuando la negra túnica deja de flamear, escucha los chirridos de las ruedas y la bocina implacable, terminante, de un inmenso camión que aparece tras ella a toda velocidad hacia él...

Y el billete de cien pesos nuevamente en libertad... flota por la calle buscando su próxima víctima.

OLVIDO

KARINA VIVÍA FELIZ, animada, súper activa, yendo y viniendo para todos lados, de fiesta en fiesta con sus amigas y amigos.

Era muy buena en su trabajo, la mejor alumna en la facultad, conocida por todos en su barrio, muy popular.

Era feliz...

Había sólo una partícula de polvo en su existencia, solamente algo pequeño, minúsculo, pero siempre estaba ahí, molestando...

Tenía la idea de que olvidaba algo, pero no sabía que...

Y esa idea la había perseguido años, siempre.

Aquel día paseaba con sus amigas en la plaza del *Monumento a la Madre*, frente al cementerio de Morón, cuando la anciana pasó delante de ella y se interpuso en su camino.

—¡Ey, por fin te encuentro! —le dijo casi gritándole.

—¿Qué? ¿La conozco?

—¡Sí, sí! Pero este no es tu lugar, lo que pasa es que siempre has sido olvidadiza y olvidaste donde tenés que estar —la quiso tomar del brazo, sus amigas se reían disimuladamente.

—¡No, no! ¿Qué hace?

—Te llevo a tu lugar... venite...

—¡DEJEMÉ, VIEJA LOCA! —sus amigas se descostillaban de risa.

—¡Otra vez olvidaste...! ¡Qué chica!

Sí... se había olvidado de algo, y aquella mujer lo sabía, sabía que era olvidadiza ¿Qué se olvidó de qué? sentía que aquello era algo muy importante...

Sintió el impulso de salir a caminar. Deambuló por horas con eso... eso... eso en la punta de la lengua, intuía que lo estaría por recordar en cualquier momento...

Sus pasos la llevaron a la placita frente al Cementerio de Morón, donde se había encontrado con aquella mujer.

Siguió caminando en dirección adonde la había visto irse, y ¡allá está! La siguió adentro del cementerio, quería preguntarle que sabía de ella.

Caminó entre las tumbas y los pequeños mausoleos, entre las estatuas, las flores marchitas, otras de plástico, los nombres en las lápidas, y los rostros... los rostros de las fotos viejas... y las frases que siempre dicen que todos los muertos fueron santos.

—¡Allá está! —se dijo en voz alta a sí misma, salió trotando y por momentos corriendo para no volver a perderla y entonces la vio...

La anciana estaba parada detrás de una lápida.

Y sobre la lápida el nombre: KARINA.

Y al lado de su nombre, su foto.

Y atrás de la lápida, la mujer sonriendo.

—Querida, te olvidaste otra vez... que estás muerta...

Y entonces Karina se deshizo en cenizas.

JUEGO

GONZALO LE SACÓ la correa a su nuevo amigo: un pequinés marroncito que había encontrado un par de días atrás, un cachorro de unos dos o tres meses muy juguetón, que lo sorprendió saltándole en una plaza.

Ahora estaban ahí para empezar un clásico: traer el palito.

Primero le mostró una varita; jugaron a tirar de ella para que la reconociera, como tentándolo. Después hizo que el pequinés la persiguiera un buen rato y luchara por ella, entre medio de risas y gruñidos.

Entonces arrojó la varita cerca y vio que el juego previo había dado resultado: el pequinés fue corriendo a buscarla y volvió sacudiéndola.

—¡Bien, bien! —Gonzalo arrojó la vara más lejos y obtuvo el mismo resultado.

Después de varios tiros decidió que era hora de una prueba mayor, y la arrojó bien lejos, por detrás de un espeso jardín.

El pequinés corrió y se perdió entre las plantas, para salir triunfante trayendo en su hocico una varita... de oro...

—¿Qué? —Gonzalo examinó la varita: era de oro macizo y perfectamente cilíndrica, de un par de centímetros de diámetro y unos veinte de ancho.

Sonriendo y con los ojos brillantes por la buena fortuna, miró a su pequinés que saltaba y corría de un lado a otro esperando que vuelva al juego.

Tomó otra varita de los alrededores, y la tiró por detrás de las mismas plantas. Allá fue el pequinés a toda velocidad, para volver... con otra varita de oro...

Parpadeó. No lo podía creer ¿de donde salían? Fue a mirar entre las plantas, revisó buscando algún recipiente, buscó más lejos, nada.

Volvió a donde su mascota lo esperaba moviendo a cola y zapateando en el lugar. Le acarició la cabeza.

—¿De dónde sacás estas cosas?

Intrigado buscó otra vara y la arrojó al mismo lugar, el pequinés corrió a buscarla y él se apuró detrás, miró entre las plantas y lo vio: se había sentado y unas imágenes aparecieron delante de él, era como un espejismo con casas, autos y personas que pasaban. Apenas se escuchaban voces y sonidos de ciudad.

Entonces su mascota se paró agazapada, como si fuera a cazar. Su cuerpo adelgazó en un instante hasta que el cuero se pegó a sus huesos, los ojos del perrito se ahuecaron y jirones de piel y carne seca quedaron colgando.

Aquel esqueleto se movió rápido y saltó a la imagen de un hombre, y Gonzalo vio cómo aquel hombre caía mientras el pequinés lo traspasaba. Vio el alma del hombre forcejeando con el animal mientras el cuerpo había quedado tirado y otras imágenes corrían a socorrerlo.

El pequinés sacudió el alma como si fuera un juguete, que brilló y se transformó en una varita de oro. Cuando las imágenes desaparecieron y el animal recobró su forma normal, Gonzalo salió corriendo, tropezando, aterrorizado.

Las piernas no le respondían, se sintió mareado, con nauseas, vio el pequinés acercarse contento.

—¡NO, NO... VOS SOS... SOS..! —fue lo único que pudo decir.

El pequinés soltó la varita, se agazapó delante de él moviendo la cola, y le salto al tiempo que su cuerpito se consumía.

LA COSA

EDUARDO ERA ENGREÍDO y sabiondo como ninguno. De muchos amigos que decían que era una biblioteca ambulante y que jamás se darían cuenta de que sólo era un excelente manipulador de las ideas ajenas.

Se había pasado la vida haciéndose una reputación, y la consideraba lo más valioso que tenía: su reputación valía más que su vida.

Aquel día llegó al edificio acompañando a un numeroso grupo de amigos técnicos en computación, aunque ellos no se lo habían dicho, esperaban que Eduardo, gran conocedor de todas las ciencias, pudiera ayudarlos a encontrar la falla de la red de computadoras que los tenía locos a todos.

Modificaciones hechas al edificio había dejado inaccesible un lugar clave para el trabajo, pero él lograría llegar hasta ahí, seguro.

Cuando llegaron al lugar, el jefe de la comitiva comenzó a explicar nuevamente el problema, se los decía a todos aunque ya lo habían escuchado mil veces, porque no se animaban a pedírselo a Eduardo directamente. En ocasiones se molestaba y se retiraba tratándolos a todos de ignorantes.

El problema principal era bajar por un pozo angosto a una cámara en donde había un montón de paneles de luces, conectores, tableros de electricidad, y una tonelada de relojes de control, botones con luces intermitentes, palancas, cables y paneles electrónicos. Aquella cámara controlaba todo el edificio inteligente.

Las reformas edilicias habían dejado momentáneamente inaccesible la entrada, debían hacerlo desde arriba, y hacía falta quien supiera de escalada.

¿Y quien sabía todo al respecto? ¡Seguro que Eduardo! y fue el primero que se ofreció de voluntario para bajar, con una sonrisa sobradora y un aire imponente.

Pero apenas comenzó a descender le dijeron:

—Si hay una emergencia, acordate del hipálage.

Eduardo asintió y alzó los hombros como diciendo: ¡Pan comido! Pero al ir bajando pensaba ¿QUÉ DIABLOS SERÁ EL HIPÁLAGE? Pero ni loco preguntaría, arruinaría su fama.

Fue un momento después, cuando la soga se rompió y Eduardo cayó violentamente y rebotó contra unos paneles que enseguida comenzaron a chisporrotear.

Se asustó, miró alrededor desesperado buscando un cartelito que diga *hipálage.*

Nada. De arriba le gritaban:

—¿Estás bien? ¿Escuchamos explosiones? ¿Qué pasa?

—¡Nada, no hay problema, ya lo controlo! —y murmuraba: ¿Adónde está el hipálage, hipálage, que será el hipálage?

Las chispas comenzaron a crecer y expandirse, la humareda lo ocupó todo. Llegaron los gritos de arriba:

—¡EL HIPÁLAGE, EDUARDO, EL HIPÁLAGE!

Desesperado, volvió a buscar, comenzó a tocar perillas, botones, desenchufar conectores, tirar de cables y a cada acción, la cosa empeoraba...

—¡EL HIPÁLAGE EDUARDOOOO!

Quiso preguntar, pero su fama era más importante que su vida...

Hoy su fama perdura... pero lo otro no.

LA ESFERA

EL SILENCIO CUBRÍA con un manto de invierno gris las cosas comunes, mientras él observaba cómo su vida se diluía en el espacio rutinario. Caminaba arrastrando su existencia, con los ojos viendo el suelo. Sus momentos eran una fotografía de todos los días. Sus instantes eran peores que el eco del mecanismo de un reloj, siempre con el mismo sonido, siempre con el mismo objetivo, nada más...

Estaba hastiado... completamente.

Aquella mañana caminaba en silencio, cuando por vez primera sintió al reloj dar un sonido diferente. Detuvo sus pasos y volteó a mirar, miró a uno u otro lado. No vio nada... sólo escuchó aquel eco diferente, pero llevaba tantos años de oscuridad, que su curiosidad no pudo impulsarlo a seguir el sonido que ya se iba a la distancia, siguió sus pasos...

Tuvo que pensar otra vez adónde era que iba.

Cuando él retornó de su trabajo dio con la huella de aquel tic-tac, su pupila se abrió más a fin de ver aquella diferencia, escudriñó aquello nuevo y pensó suavemente: *"qué pie pequeño"*, le llamó la atención que el eco en el suelo fuera tan pequeño, y que aún perdurara.

Al otro día se levantó como tantos otros, respiró como tantos otros, miró la hora, volvió a mirarla, debía ir a trabajar y como siempre llegaba temprano, hoy también lo haría, pero...

Tomó el reloj y lo observó detenidamente, nada nuevo, pero percibió algo distinto, lo acercó aún más a sus ojos, aún más. No, no estaba dañado, ni una rayita. Pero... ¿qué está pasando?

"¡Tonterías mías!", se dijo.

Sin embargo al salir de su casa y llevar arrastrando su mirar, descubrió que las huellas pequeñas del ayer fugaz aún estaban ahí.

En su camino por vez primera encontró perdurables pasos ajenos, de un pie pequeño...

Era difícil comprender por qué al volver sus ojos miraban a su alrededor y no lo podía evitar. Su anatomía completa había modificado su estructura, aquel día se vio caminando erguido... buscando algo que sabía que estaba ahí.

Su respirar cambió el ritmo cuando otra vez vio las huellas en su camino de todos los días, no sólo estaban las mismas huellas, sino que había otras más profundas aún, se detuvo a mirar y no pudo evitar la curiosidad empujándolo.

Se agachó lentamente como temiendo que se esfumara, y luego sus dedos recorrieron la polvorienta marca, dibujando sus curvas, sus contornos, siguiendo la profundidad de su recuerdo. Siguió con la vista la dirección de aquellos pasos, ecos de su reloj que sonaba diferente y ya daba vuelta a la esquina...

Se levantó deprisa impulsado por su respirar agitado, su corazón estallando en cada palpitar, en la esquina, dando la vuelta. Estaba...

La curiosidad lo empujó al punto de hacerlo trastabillar, y caminó apurado para ver el sonido nuevo del eco de aquel pie pequeño.

Casi corrió hasta la esquina cuando vio a lo lejos la silueta desapareciendo.

No supo que aquella acción había roto por siempre y para siempre su rutina, por primera vez en años había cambiado minutos de su existencia.

A la noche cuando sus ojos comenzaban a cerrarse... la imagen de la huella del eco del pie pequeño dibujó en la comisura de sus labios el primer sueño de una sonrisa.

Casi no pudo dormir preguntándose de dónde había salido aquella huella. Esa mañana se había levantado deprisa sólo por su curiosidad acerca el nuevo tic-tac.

Salió rápido y disimulado para su trabajo, pero una vez en el sendero caminó despacio esperando. El viento frío del invierno arremolinaba su pelo en una caricia de despedida, como la profecía de una primavera naciente. De su alma caían despacio los eslabones otoñales de una cadena existencial que lo anclaban a un mundo que jamás había pedido tener.

A lo lejos la niebla cubría la mirada profunda sobre todas las cosas, y ahora descubría los objetos de su barrio, caminó despacio, y más aún, cuando el tiempo se hizo espeso en su mente al ver una imagen fantasmal quebrando la niebla a lo lejos... las cosas se hicieron lentas.

Cada latido fue largo en su golpe interior, cada emoción rayó las formas de la eternidad, su mente se abrió de par en par al mundo que siempre fue gris en sus recuerdos, y vio acercarse a lo lejos los colores de algo nuevo que quebraba la niebla.

Parecía caminar despacio en la luna, el tiempo no transcurría.

La imagen se iba acercando, la figura iba tomando forma...

Vio acercarse a él la mujer más hermosa que hubiera visto. No porque fuera un ángel, sino porque era la primera en marcar su camino con el eco incesante de su pie pequeño...

Ella pasó por su lado... pero no dijo nada.

Es más, ni siquiera lo miró...

Él estaba extasiado.

Todo el fin de semana lo había pasado pensando en cómo podría llamar su atención, quería saber quién era, cómo se llamaba, dónde había estado todos esos años pasados, por qué dejaba huellas en su camino.

Pero de todas las preguntas que revoloteaban, una no dejaba posar en el nido consiente de sus temores. Cada vez que venía la apartaba forzando sus ideas, pero era tan persistente que al cabo de un rato no tuvo más remedio que dejarla entrar: *¿Le gustará él a ella? ¿Aceptaría una invitación a tomar algo, a salir? ¿Saldría con un hombre que gana poco en el mes, que no tiene un auto deportivo, un poco tímido, de apariencia normal?* Se miró en el espejo y el calorcito grato que todo el fin de semana había animado la hoguera de su ánimo, se aplacó en un soplido de miedo, se acercó más al espejo... *¿Será que le gustaré?*

Ambivalente fue el sentimiento que lo llenó de dudas e impulsos. Él no era un *Don Juan*, y jamás había salido con una chica tan hermosa como la que había visto, pero no podía apartar la imagen de ella.

Sobre la mesa, tapada con una sábana blanca estaba una posible respuesta como un fantasma invernando en un costado de la sala. Respuesta a otras preguntas de miedo que decían: *¿Podría enamorarse de mí? ¿Cómo? Jamás enamoré a nadie ¿cómo se hace?*

Una suave brisa de misa dominical entró por la ventana y destapó suavemente la máquina de escribir que llevaba años dormitando, él la vio como si fuera una revelación de Dios a su oración de emociones sin palabras.

Se acercó, corrió lentamente la lápida de tela que había colocado sobre aquel viejo dolor que lo había apartado del amor durante tantos años, y tocó el teclado con reverencia en el alma. Allí estaban sus poesías de amor que él había abandonado.

Pero todo aquello era parte de su pasado, pasado distante que había cicatrizado ya hace muchos años. Ahora otro camino estaba delante de él...

La mañana estaba fría, nublado el cielo, distantes las cosas. Darío se había levantado con unos nervios que le dibujaban una sonrisa. Temblaba de emoción de pensar en lo que podía suceder aquel día, más que temor al rechazo... temía que le dijeran *sí.*

Salió de la casa apurado en su interior, llevaba en sus manos un papel de esperanza, como un viejo papiro de emociones que alguna vez hubiera enviado a fin de lograr conquistar el corazón deseado.

El camino plagado de huellas, huellas profundas de aquel pie pequeño, recientes, por cientos, lo recibieron provocándole un brillo alegre. Sintió el vacío en su estómago luego temblar en sus manos.

Allá venía, naciendo de la niebla venía ella, y su pie pequeño otra vez... dejando huellas.

"¿Qué hago? ¿Cómo la encaro? ¿Qué le digo?" A medida que se iba acercando comenzó su miedo, la idea no tardó mucho en nacer "¡Al diablo! ¡Parezco un chiquillo! ¡Mejor me dejo de tonterías y me voy!"

Siguió de largo molesto sin siquiera mirarla como hubiera querido hacer. Apuró los pasos. Nervioso, irritado.

Aquel día prácticamente nadie le habló en el trabajo, porque llegó con una expresión en su rostro que asustaría al mismo diablo.

Luego volvió despacio, ya más tranquilo, meditando. Su andar, más lento que nunca parecía un andar penitente, cargando sobre sí mismo las penas que su soledad había recargado sobre su cruz existencial.

Llegó la noche y otra vez se reclinó en el desierto donde todos los días dormitaba, pero esta vez lo sintió más inmenso, más vacío. Se revolcó en su cama e imaginó tenerla a su lado, y cuando pensó en ella el desierto tornó a la realidad de ser su cama, que de todos modos estaba vacía...

"No puede ser que siga así toda mi vida, tan tímido, mañana lo vuelvo a intentar, mañana tiene que ser..."

Una lágrima se deslizó por su mejilla hasta las sábanas, el frío recorrió su rostro y envolvió su cuerpo, pero no un frío de temperatura baja, sino el frío del pesar, de la ausencia de amor.

Mañana será otro día...

Sus pasos eran más medidos, más seguros, quizás hasta más fríos.

La misma rutina de todos los días tenía ante sí, pero ya no le pesaba, porque aquel instante en donde el eco pequeño pasaba cambiaba todo su día, esperaba ese instante con ansias.

La vio venir, cambió la dirección de su andar como para cortarle el paso, iba directo hacia ella, ella no tendría más remedio que mirarlo y ese sería el momento.

Caminó torpemente, pensando en cómo debía ser cada uno de sus pasos para parecer *más hombre, más fuerte, más grande*. Se dio cuenta que su esfuerzo lo hacía parecer artificial, estirado, duro, nervioso, así que decidió caminar naturalmente, pero se sintió pequeño, desvalido, no sabía qué hacer.

El viento sopló a su alrededor removiendo las heridas, muchos recuerdos se fueron con la imagen de ella acercándose ahora a quebrar el cristal de niebla que marcaba el horizonte. En todo el cosmos retumbaban los pasos de aquella mujer llenando el todo, incluyendo su alma.

Trozos de oscuridad se desmadejaban cuando ella miraba hacia donde él estaba, y al igual que un castillo de cartas, su mirada soplaba sus penas desbaratando lágrimas que él llevaba por los siglos de los siglos.

La dimensión entre ambos se acortaba y plegaba los principios de la física doblegando el espacio material entre ambos. Todo pensamiento en el interior de Darío era solamente un suspiro entrecortado de temor y ansiedad, todo pensamiento estaba en la pregunta, todo movimiento en el encuentro...

Ella se acercaba y cada movimiento al andar parecía desplazarse con las más grandes lentitudes. Su pelo castaño claro flotaba en el cosmos acariciando los pilares de Dios en suavidad absoluta, derramada en una íntima caricia como una única nube en un cielo despejado.

Su cuerpo delgado se mecía suave como un bosque al susurrar palabras de brisa; y sus ojos oscuros penetraban como una saeta del infierno en el deseo de Darío...

Al mirarla, sentía que su ser palpitaba, no sólo su corazón, sino cada una de sus células, cada partícula atómica que conformaba cada uno de sus átomos, cada noción de existencia que hacía que él existiera, cada impulso del Creador en hacer que él fuera simplemente... *ser*...

Ella era hermosa sin titubeos, hermosa en sus movimientos y en su inacción, hermosa en su presencia y en su ausencia, bellísima al acercarse y al irse. Tan solo el mirarla en un parpadeo era suficiente para que el más fuerte de los mortales cayera debilitado a sus pies, debilitado del esfuerzo de comprender cómo pudo Dios depositar tanta belleza en un solo ser viviente, que ella desbordaba con tentáculos invisibles.

Pero sobre todo lo abrazaba a él, en un abrazo poderoso que lo partía en sus mitades opuestas, dejando al descubierto su verdadera esencia, la que Darío intentaba ocultar al mundo completo, y que por esa acción, sin quererlo, gritaba a los cuatro rumbos.

A sólo un par de pasos, ella lo miró con curiosidad al ver que él se interponía en su camino, se detuvo al no saber por donde pasar, y lo miró extrañada, esperando...

Temblaba a más no poder, sentía la boca seca y todo su valor se escurría en sudor por su sien y en su mente, las palabras que antes se atropellaban en alabanza a ella, simplemente ya no estaban, no sabía que decirle, lo romántico que había pensado expresar ya no estaba, los poemas que ella le había inspirado se habían evaporado con la nube tormentosa que nubló sus ojos. Su mente estaba en blanco con el peor de los vacíos que pudiera haber creado Luzbel... simple y sencillamente, su timidez le había jugado otra mala pasada...

Se quedó parado, amontonando palabras en su boca que lo llevaban a tartamudear torpemente, se quedó mudo, duro, inhibido, pequeño, insignificante...

—Disculpame... ¿tenés hora?

Una música de sirenas galopó el aire con millares de colores de un atardecer soñador, y vio que su boca dulcemente contestó su pregunta, pero no entendió ni una sola palabra de lo que ella le había dicho. Estaba bloqueado, enamorado, avergonzado.

Siguió su camino arrastrando los grilletes más grandes que pudieron haber detenido ejércitos enteros. Ese fue el día más largo de su vida, como si todo un siglo se hubiera comprimido en una paradoja temporal. Arrojó el poema que escribió para ella en la vereda... como su bandera de rendición.

Su angustia fue tal, que no pudo llorar. No sabía si sentir bronca de sí mismo, no atinaba ni a internarse en el peor de los retiros espirituales, como enterrándose en el infierno. Pensaba que lo mejor sería no ser humano, no sentir como hombre, o mejor que no sentir, no existir...

Aquella noche en la Antártida que era su habitación, miles de estalactitas se desprendieron del techo que miró por horas y se clavaron en su pecho, desangrando su alma por mil cortes... *"¿Y si mañana no la veo más?"*, pensó, *"¿Y si me dijera que sí? ¿Si desaparece de mi vida?, tal vez hoy fue mi última oportunidad... y me la perdí..."*

El frío del infinito se desplomó sobre su lecho. No durmió, no sintió, no lloró, estaba más vacío que el vacío de creación, más vacío que la ausencia de Dios. No existió esa noche, pero se supo estar allí. No se sintió morir, pero estaba muerto. No se sintió vivir, pero estaba vivo...

Sus pasos pesados en el vía crucis de los últimos días lo dirigieron hacia el trabajo al que no quería ir. Cada paso pesado se hundía en el pavimento hasta la rodilla, y al llegar a la vereda ya se arrastraba con las baldosas hasta el cuello, hundiéndose en el temor de tener que enfrentarse otra vez a sí mismo.

En el peor de los eclipses de su mundo interior se abrió la fisura de luz a la distancia, supo que era ella, pensó que era otra oportunidad y tal vez nunca volvería a repetirse, sintió levitar sobre su perdición y alzarse sobre las cosas que lo agobiaban, *"Ahí viene... tal vez nunca más vuelva a verla... tiene que ser hoy. Me tengo que animar... el no ya lo tengo... voy por el sí..".*

Se acercó a ella para nada resuelto, y más aún cuando al arrimarse y levantar los ojos para verla, se encontró con su mirada brillando en él, y una suave sonrisa que derritió su entidad como el fuego de mil volcanes.

En el más místico de los silencios el misterio los envolvió como aquello predestinado que los profetas sospechan pero no pueden leer. Ella llevó su mano a su propio pecho, a su propio corazón, y una luz mil veces más fuerte que el aura de un arcángel partió del contacto. Al retirar la mano la extendió a Darío... para darle.

Darío estaba petrificado de aquello visto *¿quién era ella? ¿Qué estaba pasando?*

Su mano suave se acercó y mostró su palma abierta, dándole algo; Darío observó que le daba algo muy pequeño *"¿Es un regalo?"*, le preguntó con la voz temblando, ella asintió sin palabras.

Cuando tomó el objeto vio que era una esfera. Sencilla, perfecta y muy pequeña...

"¿Qué significa esto?", preguntó cuando ella ya se retiraba, y no hizo falta respuesta alguna: al irse, notó que ella llevaba en su mano el poema que él había arrojado ayer.

Sonrió, no muy convencido de lo que estaba pasando. No sabía qué significaba aquella esfera, no entendía qué era lo que ella había querido decirle con ese objeto, no sabía qué pensaba ella de su poema, creía entender pero no entendía nada, pero más que nada anhelaba entender.

Miró la pequeña esfera que ahora tenía en su mano y sintió que era de gran valor, porque sin importar lo que significara... era un regalo de ella.

No podía entender para qué ni porqué, solamente estaba allí, en la mesa. Mientras almorzaba en su primer fin de semana después de aquel regalo, se acompañaba del recuerdo presente de aquella mujer, al que observaba por horas tratando de descifrar qué significaba.

"¿No hubiera sido más fácil que me dijera que me vaya a pasear o que me diera su teléfono? ¿Por qué darme una esfera, una pelota, o lo que sea? Así... sin decirme ni siquiera su nombre...

"Tal vez sea un juego, algo que tengo que descifrar para encontrarla, como una adivinanza, un acertijo, quizás le guste coquetear de esta manera, tal vez..."

Un pensamiento sacudió sus entrañas desde lo más profundo de sus percepciones. Ahí había algo que no había notado, pero ahora comenzaba a percibirlo.

Acercó su mirada a la esfera, sus colores blancos con vetas marrón claro y amarillos de distintos tonos, la hacían parecer de mármol. Se quedó mirando con el entrecejo fruncido, sospechando, intuyendo... aquí había algo, una sensación, una intención. No, era mucho más que una expresión oculta, era una palabra, sí... pero ¿cual?

Escudriño en su mente tras lo que sentía en lo profundo de sus sospechas, cuando aquello fue traído de lo recóndito de sí en una ráfaga de inspiración.

—Sandra...

Sus ojos se abrieron a más no poder y un estremecimiento brotó de su sorpresa; jamás había creído en algo que no pudiera ver ni tocar, pero en aquel momento se encontraba en el despertar de algo que iba más allá de su comprensión. Supo en lo más profundo de su corazón que no se equivocaba, aquel nombre era el nombre de ella, pero él ¿cómo lo había sabido?

Acarició la esfera con la sensación de encontrar lo místico ante sí, y una electricidad escindió su tacto al momento de tocarla, se levantó de un salto para alejarse de la esfera. Le había parecido que era... como si tocara su piel.

—*Sandra...* —pronunció en un susurro.

La tarde se deslizaba complaciente en aquel primer fin de semana desemejante que Darío había tenido. No había notado que su aburrido televisor estaba apagado, ni que sus ojos estaban abiertos a esa hora de la tarde, ni que su mente estaba desadormecida desde aquella primera vez en que la vio. No había notado que estaba refulgente de vida, dinámico en su sentir, activo en su curiosidad, transformándose de un instante a otro.

—Hola Sandra —le dijo a su esfera—, decime: ¿qué se supone que deba hacer con vos?

Acercó sus dedos para tocarla y notó que reflejaba su imagen. Ahora la esfera no aparentaba ser de mármol, sino que parecía transformarse en una superficie metálica.

—*Pero...*

Tomó la esfera y la acercó a su rostro. Podía verse en ella como en un espejo.

—¿Cambia de colores? ¿De material? ¿Qué es esto? ¿De qué está hecho?

Comenzó a acariciarla y vio sorprendido que cada vez que sus dedos recorrían la superficie de la esfera, pequeños destellos de luz, como chispas, saltaban apenas perceptibles al contacto. Descubrió que al acariciarla parecía hacerse más liviana.

—Tal vez en su interior tenga más respuestas... ¿cómo la abro?

Ni bien pensó en cortarla la esfera se volvió oscura, de una negrura absoluta como la más perdida de las noches, se sintió fría, pesada, pero no cambió de tamaño ni de forma

—*Es como si me sintiera* —se dijo, animado como un niño, con aquel juguete nuevo. Pensó que podía ser como esos anillos que tienen una piedra que —dicen—, cambia el color según el estado de ánimo de la persona.

—*¿Cómo será por dentro?* —la esfera se volvió más oscura aún, en su linde un aura de oscuridad comenzó a extenderse como si absorbiera la luz a su alrededor, como un agujero negro.

Un poco del temor sentido no fue suficiente para desanimarlo; quería saber todo de la mujer que había visto, y estaba más que decidido a encontrar respuestas que pudieran llevarlo a tener su compañía.

Aquel fenómeno se extendía cada vez más llenando todo con sombras más espesas, Darío se levantó rápido, tomó un pisapapeles que tenía en el escritorio, y volvió escudriñando la pequeña noche creciente, buscando donde había dejado aquel misterioso regalo.

Con el corazón en la boca tanteó sobre la mesa buscando donde la había dejado, y una vez que la encontró le descargó un golpe violento encima, pero ante su sorpresa el pisapapeles de metal sólido se desintegró, como si fuera un papel quemado.

—*¿Qué?...* —fue lo único que atinó a decir. Apenas sus pensamientos de abrirla cambiaron a la pregunta por lo ocurrido, la luz volvió al recinto y él quedó aun más desconcertado.

Pensó que sea lo que sea aquello, abría de venir de alguien fuera de este mundo *"¿De dónde eres mujer?"*, un escalofrío recorrió su espina de pensar que podía haber encontrado a alguien increíblemente especial, de otro mundo, de otro planeta, de otro universo o, quién sabe, quizás... brujería.

Comenzó a reír despacito.

—Sea lo que seas... me has devuelto a la vida, Sandra.

La esfera se volvió dorada, tan liviana que apenas sentía tener algo en la mano, un sonido suave como el canto de una ballena a la distancia comenzó a ocupar el rutinario vacío de la habitación. Con lágrimas en los ojos sonrió más extasiado aún...

—Eres bellísima...

"¡Ya basta de tonterías! ¡Todo esto me revienta!" Caminaba, apurando los pasos en decisión total, cuchillo en mano, para abrir de una vez por todas aquella cosa de porquería que le habían dado.

—¡Odio estas vueltas inútiles ¿no podría haberme dicho algo que pudiera entender... en vez de darme una bolita? ¡Terminemos con esto de una vez por todas!

Abrió de un golpe la puerta de la cocina y miró sobre la mesa a la esfera.

—¿Qué diablos eres?

Se acercó a la mesa amenazadoramente cuando de ésta partió una brisa fría, como un suspiro de ultratumba, se detuvo confuso. El viento glacial seguía agitando sus cabellos.

—¡Nada de trucos! —gritó no muy convencido. —Ya... ya... ¡ya basta! —apuró sus pasos y extendió una mano para tomarla, pero de la esfera partió una música pesada, lúgubre. Un viento gélido y huracanado lo empujó al otro lado de la habitación, golpeándolo violentamente contra la pared.

—¡Por Dios! ¡aux... ! —quiso gritar pidiendo ayuda y no pudo porque delante de él la oscuridad iba devorando todo y avanzaba hacia él. Sintió pánico.

Miró a su alrededor, buscando el cuchillo que se le había caído y miró hacia la puerta de la calle queriendo salir. Un pensamiento fugaz le cruzó su mente: quizás aquello lo perseguiría por siempre si no lo enfrentaba ahora. Volvió a mirar hacia el cuchillo.

El viento fue más fuerte aún, un montón de rayos comenzaron a abrirse paso hacia él. Sobre el cielo raso las nubes tormentosas se adhirieron como parásitos del caos, un diluvio casero... comenzó a llover.

—¡No puedo creerlo!

El granizo lo golpeó en la frente y rasgó su piel en una sangrienta caricia. Protegiendo su rostro se agachó y se lanzó hacia el cuchillo. El huracán lo empujaba con tal violencia que debía arrastrarse para ir hacia la esfera. Los sillones se le fueron encima, las sillas lo golpearon, los cuadros volaban en círculos por toda la casa.

Algunos cerámicos se levantaron golpeando su cuerpo. Gritó del dolor cuando el modular cayó sobre su pierna y lo arrastró con él retrocediendo unos cinco metros.

—¡Te mandó el diablo! ¡Te voy a matar!

Temblaba de terror pero ya no había forma de huir, estaba cerca de la esfera, si se levantaba para irse ésta podría matarlo. No... la única alternativa era enfrentarla.

El esfuerzo por llegar a ella lo estaba matando, a cada paso un nuevo golpe lo intimidaba, el frío a su alrededor no sólo congelaba sus huesos, sino que hasta el espacio y el tiempo se petrificaban en una lápida cósmica. Cada paso era coronado con un golpe. Cientos de rayos comenzaron a caer cerca de él cuando se aproximó a la esfera, estaba abajo de la mesa, era sólo un paso más... sólo uno.

Juntando todo el coraje de que era capaz, salió de un salto cuchillo en mano. La esfera parecía una bola de fuego palpitando sobre la mesa, cada latido parecía hacerla crecer más aún, la rodeaban venas de fuego y arterias de sangre estallaban sobre ella por miles. El rugido del viento y la canción caótica apuñalaron sus oídos.

Levantó el cuchillo con ambas manos dispuesto a dar el toque final, pero cuando llegó con ambos brazos a lo alto, la esfera se levantó de la mesa y se lanzó contra él en un violentísimo y mortal golpe en su cabeza, que lo lanzó sobre la mesada de la cocina, rebotó contra ella y fue a dar al piso semi desvanecido.

En el momento de caer al suelo todo cesó a su alrededor. Estaba demasiado cansado para sorprenderse: el terror vivido y el esfuerzo, el cansancio y el dolor, lo dejaron estaqueado en el embaldosado, mientras sobre la mesa reposaba suavemente la esfera como una paloma que regresa al nido.

No quiso saber nada más del mundo.

Ya era domingo a la tarde cuando despertó de su larga siesta. Parpadeó despacio pensando en que todo había sido un sueño, pero el desorden y la destrucción que lo rodeaban eran un vestigio indiscutible.

—Oh... no...

Sacudió la cabeza pensando en las horas de ordenar y reparar cosas, pero apenas se arrodilló y vio la esfera sobre la mesa, se detuvo en seco.

—No sé qué eres, pero... ¿vas a matarme? ¿Qué quieres... Sandra? ¿Qué eres?

Se acercó lentamente y miró: ahí estaba descansando plácidamente como si nada hubiera ocurrido. Sus colores marmolados estaban intactos, como si ahora estuvieran en paz después de la rabieta y la furia que había demostrado.

—¿Para qué me diste esto Sandra? ¿Qué esperas que haga con ella? No se acercó por desconfianza, simplemente la rodeó manteniendo una distancia prudencial. Comenzó a arreglarlo todo. Miró el reloj, casi había perdido todo el fin de semana en esto. Pensó en salir a buscar ayuda, pero ¿quién le creería? Lo tomarían por loco.

Le pareció raro que ningún vecino hubiera llamado a la policía o algo, después de tanto caos, pero visto lo sobrenatural de lo ocurrido no le extrañó, vaya a saber si afuera se pudo percibir algo.

Barrió, secó, acomodó, tiró un montón de cosas, ordenó su casa. Estaba exhausto y no terminaría hasta tarde. Después de varias horas de trabajar evitando acercarse a la cocina, decidió dejar todo lo que faltaba como estaba, darse un baño, comer algo e irse a dormir. Mañana debía levantarse temprano para ir a trabajar.

"Qué fin de semana este —pensó— *pero... por lo menos estuvo movido"*. Comenzó a reír cada vez más fuerte y terminó descostillándose de risa mientras se mudaba de ropa: *"¡Por Dios! ¿quién me creería?"*

Sentado en la cama meditaba lo ocurrido. Le había llevado varias horas animarse a tomar aquella esfera otra vez, pero ahora había vencido su temor y ahí estaba con ella en sus manos.

Durante un par de horas la había observado en silencio. Miles de ideas le cruzaron por la cabeza, pero seguía sin comprender de qué se trataba.

De todas las ideas —como con el nombre "Sandra" intuido de aquel modo—, sólo algunos pensamientos empezaron a hacer más fuerte el eco de su presencia, y comenzó a entender algunas cosas.

—Lo siento —dijo—, creo que todo fue porque te defendiste de mí ¿verdad?

La esfera comenzó a volverse de un color dorado brillante, un sonido a brisa sobre los árboles partió de su pequeña masa hacia el lecho.

—Tal vez seas un ser vivo y ella te ha regalado a mí para que me hagas compañía ¡Y mirá cómo te he tratado!

El sonido del mar bañó los alrededores, y el llamado de unas gaviotas retumbaron en el pequeño objeto. Una luz suave se elevó de la esfera.

—Yo sólo quería conocerla, y aquí estoy, hablando con vos como un loco, y tal vez sea eso, quizás haya perdido la cordura y todo esto es parte de mi demencia, quizás mi locura por ella...

Como una música bañó el lugar el sonido de una cascada, con pizquitas del canto de ballenas y ruiseñores. La luz de la esfera se hacía más fuerte, notó que se volvía trasparente, como una burbuja.

La observó encantado, la esfera comenzaba a elevarse flotando en el aire, sus paredes se habían hecho mucho más finas y brillaba fuertemente con un sonido bellísimo semejante al canto de las sirenas.

—Yo sólo quería conocerla...

La luz se elevaba sobre todas las cosas y comenzó a entibiar el ambiente...

—Yo sólo quería amar a alguien...

Levitaba la esfera a la altura de su rostro, la luz era destellante, como si fuera la hija del sol presente en aquel encuentro. Una música similar al canto de las iglesias llenó todo lo que los rodeaba. La luz se volvía cada vez más blanca, pero no lo cegaba, Darío dejó caer lágrimas de un dolor eterno que por primera vez presentía, de algún modo, llegaría a su fin.

—Yo sólo quería amarte a ti... Sandra...

Aquella pequeña estrella brilló con tal fuerza, que la luz traspasó el cuerpo de Darío y las paredes de la casa. En una décima de segundo él tuvo la sensación de ver la imagen de ella en la esfera acercándose a su boca para darle un beso...

Se despertó con la mejor de las sensaciones que uno puede tener al abrir los ojos y enfrentarse a este mundo. Se despertó sintiendo paz interior, y una calma espiritual que jamás había sentido en su vida.

Recordó lo ocurrido, recordó la esfera, se dio vuelta para buscarla...

A su costado en la cama allí estaba ella... dormida.

—Sandra...

Ella despertó, le sonrió con dulzura, se incorporó suavemente, tocó su mejilla y se acercó muy despacio... lo besó.

Mil preguntas brotaron, cuando movió sus labios para preguntar, ella volvió a besarlo.

Entonces, como por un milagro, las respuestas llegaron a él por millares, como si un ente espiritual de sabiduría hubiera tocado su interior con el conocimiento de las Diez Mil Verdades.

Y en ese instante comprendió que aquella esfera que ella le había dado desde un comienzo, no era otra cosa que su propio corazón.

El corazón de Sandra...

Aquel día no fue a trabajar...

La mirada celeste

HABÍA NACIDO SIN colores en su mundo, y las sombras de todos los días tejieron su cuna desde el momento mismo de ser concebido.

Sus ojos eran negros como los caminos que miraba de pequeño. Las rosas grises no le ofrecían sino los últimos sinsabores de lo no-creado, y guardaban su perfume solamente para aquel que pudiera apreciar su belleza toda, y no solamente una muestra diminuta.

Había crecido con atardeceres de millares de tonos de grises, blancos y negros, entremezclados en una lápida celestial insulsa.

Su dolor era grande cuando oía a otros hablar de tonos, de colores... él no entendía ni siquiera el concepto.

El mar era una sábana negra tendida sobre el sepulcro de los arcos iris. Solamente la luna se presentaba a su ser del mismo modo que a todos.

Y cuando los artistas pintaban... él moría un poco...

Sus médicos habían revisado su vista y habían dado su dictamen: *daltónico*.

De pequeño, por mil veces fue la burla de sus compañeros cuando al dibujar y pintar, no podía evitar mezclar los colores de modo de hacer dibujos ridículos e ilógicos.

Sus maestros le decían que sus obras eran especiales, porque él podía dar una libertad a su creatividad que ningún compañero lograba, pero él deseaba ver qué era lo que hacía y todas aquellas palabras no le servían de consuelo.

Sus lágrimas caían sobre sus pinturas... y difumaban enormes manchas grises.

...Pero nunca mayores que en su alma...

A veces su misma familia sonreía cuando combinaba su ropa, y jamás comprendía porqué le pedían que se cambiara, ni por qué le elegían una y mil veces lo que debía ponerse.

El también sonreía... pero con dolor.

Por las noches soñaba con grises, con blancos, con negros e incluso cuando soñaba con la luz, no podía entenderla.

El mundo entero tenía color de luto...

Ella había venido desde atrás del horizonte, y el primer día que la conoció recibió su sonrisa como una brisa cálida.

No sabía si era rubia, como le habían dicho. Vio sus ojos grises muy claros, y un primer color se formó dentro de su espíritu al sentir su calidez, y comprendió por primera vez la idea del color del sol...

La primera sonrisa que le regaló le mostró la esencia del color de las estrellas.

Y cuando ella hablaba le transmitía paz, calma, confianza. Sus palabras eran suaves y armoniosas, y una musicalidad contenida le colmaba de la misma sensación que había tenido años atrás cuando, en un amanecer a la orilla del mar, había experimentado la maravilla de sentirse pequeño ante la suave música de las olas y el viento y a través de la sensación que las palabras de ella le despertaban... comprendió el color azul.

Caminaron juntos en la noche conversando animadamente. Trozos de estrellas se habían anidado sobre las cosas del invierno y a flor de piel podía sentirse del sol la ausencia.

No podían encontrar un lugar donde cenar pero a él no le importaba porque disfrutaba de su compañía. A través de la presencia y la compañía de Elizabeth, entendía un Universo de tonalidades al que jamás había tenido acceso.

Después de mucho andar encontraron un lugar bonito donde quedarse a disfrutar la velada. Durante la noche, sintió que con ella había regresado al hogar, pero no comprendía el porqué...

De pronto notó algo extraño en sus ojos, por un momento perdió el hilo de la charla y tuvo que pedirle a ella que le repitiera lo dicho.

Siguieron conversando. Sentía que el tiempo en su compañía se había entumecido. Los sonidos de la noche agitada por los jóvenes, la música del recinto, y las personas yendo y viniendo por los alrededores, estaban insignificantes.

Entonces lo vio y no pudo evitar sentir miedo...

—¿Qué te pasa? —le preguntó Elizabeth.

—Nada, estoy bien —contestó disimulando.

Siguió sonriendo y tratando de contener la respiración que ya se le agitaba. Vio algo en los ojos de ella...

"Debe haberme parecido" —pensó, pero su cuerpo ya estaba rígido y pronto a saltar de nervios.

Otra vez, algo en sus ojos cuando parpadea...

Sintió crisparse la nuca, no pudo apartar sus ojos de Elizabeth.

Y entonces, por primera vez en su vida, vio en la pupila de ella... el color celeste.

Elizabeth no pudo evitar sentirse un poco ruborizada al notar cómo la miraba él.

El mundo gris, el mundo de invierno permanente había cambiado. Un trozo de celeste había atravesado la monotonía y la condena de un Universo sin luces.

Cuando el estupor pasó, miró a su alrededor y tuvo otro sobresalto: sobre el mostrador había una pequeña bandera... y vio sus celestes y sus blancos.

Sus ojos se llenaron de lágrimas. Elizabeth le tomó de la mano:

—¿Qué te pasa? No te veo bien, ¿te sentís mal? ¿Querés volver?

No le respondió, estaba tan agitado de ver los celestes que no podía escuchar ni atender a cosa alguna.

De repente en su alma entraron los colores del cielo, sintió atravesar su espíritu por nubes y formas, flores celestes, cometas y barquitos de papel. Su mente se vio agolpaba de recuerdos de dibujos pintados con celestes que no debía, y empezó a reír.

Elizabeth lo miraba con ojos grandes; él se había apoyado con un brazo en la mesa, débiles las piernas, nervioso, asustado, sorprendido, mareado...

Mareado por sus ojos...

Se levantó y dio unos pasos. Sintió que el mundo daba vueltas bajo sus pies... y salió afuera de la confitería.

Elizabeth corrió detrás.

—¡Mariano! ¿Qué te pasa?

Rió por lo bajo, como quien está a punto de perder la cordura... o recuperarla. Se tomó del rostro con ambas manos, sumamente turbado.

Elizabeth se acercó y lo tomó por los hombros para ayudarlo a mantenerse de pie, le clavó su pupila celeste... y sintió que la noche se descorría en luces, tonos, arco iris, amaneceres, soles, rosas, y todos los colores fugados desde su infancia corrieron a entrar en su mente y pintaron sus recuerdos.

Recordó los dibujos que había creado sin comprender los colores, ahora entendía por qué se habían reído de él. Ahora comprendía por qué se había vestido mal al combinar sus prendas ¡Qué ridículo! Allí recuperaba la rosa sus tonos rojos, el arco iris descompuesto en cada gota de rocío, el color deslumbrante del sol, el avaricioso color del oro, la paz de los verdes de las praderas y los bosques, el azul de los mares y los celestes como el celeste del cielo... como el celeste de los ojos de Elizabeth.

—¡PUEDO VER TUS OJOS! —le gritó abrazándola y levantándola en el aire, loco de alegría, exaltado, desatado... aterrorizándola.

Comenzó a girar gritando feliz revoleando a Elizabeth por los aires, quien asustada gritaba a los cardinales.

De la confitería salieron varias personas, comenzaron a luchar contra Mariano para arrebatar a la chica de sus brazos; él no quería soltarla... había entendido el regalo de sus ojos...

Cuando los separaron lo tiraron al piso y lo sujetaron violentamente; él reía y gritaba: —¡PUEDO VER TUS OJOS! ¡LOS VEO! ¡LOS VEO!

Lo creyeron loco...

El amanecer gris con nubes negras salpicadas de blanco, brota con frío, y no sabe si es mejor ver la realidad de su mundo tal como lo ha conocido desde que nació, o cerrar sus ojos y pensar en Elizabeth y recordar sus ojos celestes.

La ha perdido, se fue para siempre después que lo internaran, y no la encontró después de haber probado que no estaba loco...

Ella se llevó todos los colores de su mundo.

El sólo ansía recuperar sus ojos celestes.

PERSECUCIÓN

Dis-*CULPE*... SEÑO-*RA*... —dijo una voz quebrada, tétrica.

Sobresaltada, Gisela se dio vuelta y miró. Sus ojos se abrieron grandes: frente a ella el muerto apenas mostraba las carnes secas pegadas a su rostro, las ropas en jirones, los ojos vacíos, y en una de sus manos esqueléticas un maletín destruido.

Gritó y se quedó paralizada: el muerto la miró desde sus cuencas vacías, se peinó sus pocos cabellos colgando de trozos de cuero cabelludo, miró para un lado, para el otro.

—¿Qué? —le dijo.

Gisela soltó las compras que cayeron, desparramándose. Retrocedió, horrorizada y se llevó ambas manos a la boca. El muerto miraba a todas partes y volvía a ella una y otra vez.

—¿QUÉ PASA? ¿QUÉ PASA? ¿DÓNDE? ¿DÓNDE?

Ella salió corriendo y miró atrás, el muerto la perseguía.

—¡ESPERE! ¡ESPERE! ¡QUIERO ALGO DE USTED!

La idea de que un muerto quisiera algo de ella la horrorizaba. ¿Qué podía querer? ¿Su sangre? ¿Su piel? ¿Su alma?

Dio una vuelta al callejón y se quedó oculta detrás de unos tachos, respirando profundo y aterrorizada.

El ruido a castañuelas la hizo voltear y miró al muerto detrás de ella.

—¡AAAAHHH! —gritó nuevamente Gisela antes de salir corriendo.

—¡AAAAHHH! —gritó el muerto que salió corriendo detrás de ella.

Gisela dio la vuelta a la esquina y entró a un bar de mala fama. Adentro estaba lleno de humo, de borrachos, de hombres y mujeres de mala vida. Hicieron silencio y se quedaron mirándola. Uno de ellos se acercó, le arrojó humo a la cara, y se quedó mirándola desafiante.

—¿Qué haces acá, nena?

Pero Gisela no llegó a responder, un montón de gritos, vasos rompiéndose y gente corriendo fue el anuncio de la llegada del muerto al bar.

La gente corría espantada por encima de las mesas, atropellándose.

Un hombre le partió una silla en la espalda, y el muerto de un golpe lo hizo volar al otro lado del bar.

Gisela abrió la puerta y salió. Detrás un montón de gente saltó por las ventanas rompiendo los cristales, y otros se atropellaron en la puerta y salieron en todas direcciones.

No pudo hacer más de dos cuadras cuando al cruzar la calle casi la choca un patrullero, que clavó los frenos. Salieron los policías, armas en mano.

—¡ALTO, SEÑORA! ¿QUÉ HACE?

Y tampoco les pudo responder...

—Se-ño... raaaa... se-ño... raaaa

No hizo falta decir nada, las armas llenaron de balas al muerto, que seguía avanzando hacia ella como si nada.

Llegó hasta el patrullero y de un manotazo lo hizo dar dos vueltas en el aire haciéndose pedazos en el techo de una casa, que se desmoronó con el impacto.

Ella tropezó y se dio la cabeza contra el cordón, quedó aturdida tratando de recuperarse y huir.

—¿QUÉ QUERÉS? ¿QUÉ QUEREES? —gritó, desesperada.

El muerto le apuntaba con un dedo tembloroso, la señalaba, la quería... era a ella.

Gateando lo más rápido posible, se alejo y comenzó a correr. Detrás escuchaba los disparos de la policía y los gritos.

Había estado corriendo durante horas y no podía dar un paso más...

Bomberos, policías, y gente de todas partes habían tratado de detener al muerto, pero él insistía en correr tras ella.

Se dejó caer, no podía más. El muerto llegó caminando torpemente, arrastrando una pierna, saliéndole humo de los agujeros de bala, con pedazos de huesos cayéndose por las roturas que le provocaron los ataques de la gente.

—¿Qué... querés... de mí? —dijo, apenas en un hilo de vos, llorando.

El muerto le señalaba con un dedo...

Lloraba a más no poder, ya se veía en la eternidad presa de algún maléfico ser demoníaco como aquel.

—*Se*... ñora... *seño-ra*...

Llegó hasta Gisela, que se había arrojado al suelo, exhausta, ya no podía huir más, no podía pelear más.

—*Me* lasti-*meeeeee...* —le decía, señalándola, y ahora ella entendía que le estaba mostrando un esquelético dedo—. ¿*Cono*-ce al-*guna...* far...*macc...* cia..? *Asíiii* compppro... una cu-*rittta...*

Temblando de terror y cansancio, casi sin poder respirar, le señaló en dirección de la última farmacia que habían pasado.

—Gracccc-i-*aaaasssssss* —le dijo.

Y mientras Gisela se desmayaba, el muerto se fue a buscar su curita.

LADRILLO

IBA CAMINANDO TRANQUILAMENTE por la vereda, próxima a llegar a su casa, cuando un golpe fuerte la tiró al piso. Aturdida, se sentó sin entender nada mirando para todos lados, buscando al culpable de haberla empujado, pero no había nadie.

Se levantó, se sacudió el polvo pensando en qué pudo haberle pasado, y cuando se propuso continuar se quedó inmóvil, con los ojos abiertos a más no poder, y la boca en gesto de sorpresa.

—¿Qué? —susurró.

Frente a ella había un ladrillo suspendido en el aire...

El barrio era un caos.

Habían acordonado la zona. No sólo estaba la policía, sino el ejército, la gendarmería, servicios de primeros auxilios, periodistas, radio, televisión, y cientos... quizás miles de curiosos mirando.

El ladrillo estaba realmente suspendido en el aire y de tal forma, que nada ni nadie podía moverlo, era como si estuviera clavado en algo invisible. Se lo podía tocar, pero era irrompible.

Al principio los curiosos intentaron moverlo, romperlo, hubo quienes se colgaron y quienes se subieron encima. Había especuladores que decían que era una ilusión de algún mago que sólo buscaba publicidad. Hubo quienes dijeron "¡Magia negra!" Y no tardaron en llegar exorcistas, brujas, y cuanta religión existiera.

Le costó mucho a la policía alejar a todos los presentes y poner un poco de orden pero, en cuanto pudieron, un misterioso grupo de gente metida en trajes tipo astronauta vinieron a estudiar el ladrillo con instrumentos que parecían de ciencia-ficción, y en poco tiempo construyeron una cúpula enorme de unos cuarenta metros de diámetro y doce metros de alto, cubriendo totalmente la zona de la vista de los curiosos.

Poco después rodearon la cúpula con una alambrada y un muro enorme. Pusieron reflectores, guardias armados, y la zona de restricción se agrandó mucho más. Llegaron docenas de camiones, tanques, vehículos blindados, y bajaron cientos de máquinas e instrumentos de todo tipo. Desalojaron a los vecinos, un poco a la fuerza en algunos casos. Cuidaron la zona por tierra y por aire las veinticuatro horas del día, custodiando el ladrillo como si se tratara del mayor misterioso tesoro de la humanidad.

—Invertimos billones de pesos en este hallazgo que, pensamos, le dará un nuevo significado a la humanidad —explicaba Ernesto Ensteyn, el científico que las Naciones Unidas había puesto a cargo del proyecto de investigación.

De todas partes del mundo vinieron científicos de todas las ramas de la ciencia. Atacaron el ladrillo con todo tipo de instrumental, sin lograr hacerle el menor daño y sin lograr obtener ningún significado, ningún indicio.

Se formaron comisiones de estudio con representantes de todas las naciones, que se hicieron presentes en la zona aledaña. Un mes después, toda una base militar y científica se había establecido alrededor de la cúpula.

Los programas de televisión se llenaron de comentarios sobre el objeto, ocupaba todas las tapas de los diarios y revistas. Se armaron cultos al ladrillo en todas partes del globo. Las manifestaciones para defender o atacar al ladrillo comenzaron a hacerse cada vez más violentas, no sólo contra los habitantes de la zona restringida, sino entre ellos, al punto que la intervención de la policía y la gendarmería se hicieron cada vez más frecuentes.

Para entonces, el ladrillo estaba metido dentro de un contenedor de un vidrio hermético de última generación, tan fuerte como el acero, rodeado de instrumentales que lo analizaban, lo invadían, y le intentaban extraer cualquier información... sin ningún resultado.

Casi todas las Naciones invirtieron millones en la investigación del ladrillo, esperando descubrir sus secretos, esperando que los mismos le dieran un gran salto tecnológico a la humanidad.

Y fue entonces, a casi tres meses después... que sucedió.

Ante la turba fuera de la zona, una pequeña columna de humo blanco comenzó a levantarse del suelo. Al principio nadie le dio importancia, pero pronto la columna se hizo visible.

No llamó la atención hasta que los bomberos se acercaron a apagarla... sin éxito.

La columna se levantó cada vez más y comenzó a brillar con un pálpito de luz intenso que cegaba a todos. Los bomberos la atacaban con todo lo que tenían sin lograr nada.

Entonces lo vieron... saliendo de la columna y en medio del agua.

Era un hombrecito de un metro cincuenta de altura, cubierto con una túnica blanca hasta las rodillas, muy roñosa, rasgada en algunos lugares, su piel era blanca y aparentaba unos cincuenta años de edad. Un poco pasado de peso, y con barba sin rasurar en bastante tiempo, de ojos oscuros y pelo corto canoso refulgente, iba descalzo.

Caminaba como cansado llevando una cuchara de albañil y un balde con algo parecido a cemento.

Se hizo un absoluto silencio alrededor cuando la aureola sobre su cabeza comenzó a encenderse en fuego... y sus grandes alas blancas se desplegaron a la vista de todos.

El hombrecito caminaba hacia el portón de ingreso a la zona prohibida.

—¡ALTO! ¡NO PUEDE PASAR! —le gritaron los soldados por un altoparlante.

El hombrecito siguió como si nadie le hablara. Con la mirada aburrida, siguió acercándose a pesar de las sirenas, de las advertencias; ya corría la vigilancia sobre las alambradas y muros, armas en mano, apuntándole y advirtiéndole que le dispararían... pero él no paraba.

Y no paró cuando las balas llovieron sobre él. El griterío fue infernal, la gente en estampida abandonaba la zona de guerra como podía, destruyendo todo a su alrededor, mientras una lluvia de balas caía sobre el hombrecito que aún caminaba como si nada, sin pestañear, sin que se le moviera ni un pelo. Derribó el portón como si se tratara de papel. Un soldado lo embistió con un auto... que se deshizo en un rompecabezas de piezas y el hombrecito siguió inmutable.

—¡ALTO, ALTO! ¡YA NO DISPAREN! —se escuchó la orden por los parlantes, y el ataque se detuvo.

El hombrecito siguió caminando en línea recta directo hacia el ladrillo, atravesando vehículos, muros, máquinas, computadoras, como si no existieran y sin siquiera alterar algo de su túnica.

Ernesto Ensteyn lo esperaba rodeado con otros científicos, registrando el acontecimiento con cuanta maquinaria tuvieran.

Llegó hasta el ladrillo sin reparar en los presentes y, sin más, metió la cuchara en el balde, sacó un poco del cemento, y cubriendo un lado... lo hizo desaparecer.

—Este revoque del cielo me tiene harto... cada millón de años se cae —se fue protestando—, no sé por qué hacen cosas de mala calidad... ya no las hacen como antes.

Volvió sobre sus pasos, bostezando y mirando hacia el suelo. Lo siguieron haciéndole miles de preguntas, sacándole fotos y filmándolo, pero nadie se animó a detenerlo.

Llegó hasta la columna de humo, extendió sus alas... y desapareció.

MAULLIDO DE ARENA

AFUERA LLOVÍA A dolores de recuerdos acumulados en bibliotecas de llantos. Por un millón de veces más volvía a pasar las hojas ancestrales con las miradas de antaño impresas en aquellas fotos ajadas... descoloridas.

Miraba hacia el fuego de la chimenea donde el extraño había roto su manto de silencioso viento de bosque. Temía haber perdido su anonimato ante las cosas de los hombres, pero, en un primer momento, un dejo de duda le había impulsado a abrir la puerta, y ahora su instinto le decía que el extraño traía consigo algo más que su presencia.

Se revolvió incómodo en la silla de madera rústica, buscó algo sobre la mesa, cualquier cosa con tal de sentirse menos incómodo.

Volvió a mirar al extraño, no era muy alto, quizás tendría un metro sesenta y era menudo, de cabellos canos y manos pequeñas.

—Gracias— le dijo en una voz cansada.

Asintió con la cabeza, hacía tanto que no hablaba que el solo pensamiento de contestar, lo irritaba.

Una vida atrás había sido el alma de las fiestas. ¡Cómo le gustaba bailar! Cualquier excusa era válida para la diversión. Aquellos pantagruélicos asados de fin de semana con toda la familia le llenaban el alma de calidez y alegría ¡hablaba durante horas! y sonreía al recordar cómo lo cargaban: "¡Che, quien lo para un poco a Javier, que ya nos estamos quedando sordos!"

Recordaba su familia, sus parientes, sus amigos, hacía tanto, tanto tiempo... ¡Cómo le gustaba charlar!

El recuerdo, de manera inmediata, se transformaba en dolor, al punto que ya no lo soportaba.

Afuera soplaba el viento cada vez más fuerte, los árboles del bosque coreaban susurros de silencio. El interior de la cabaña de troncos apenas percibía la exhalación del cosmos. La noche abrigaba los recuerdos en una ronda infinita, molesta.

El anciano se dio vuelta de espaldas a la chimenea, sintió su mirada y no resistió buscar sus ojos en la penumbra que el fuego esculpía.

—Me llamo Leonardo Tempo —le dijo en su voz agrietada.

—Mi nombre es Javier —se vio obligado a responder.

—¿Cómo es que vive tan solo en éste bosque?

Se sintió muy incómodo. ¿Cómo responder esa pregunta? Sería fácil hacerlo y es fácil de entender, pero... ¿cómo quebrar su silencio interior que tanto dolor ha tapado, en una respuesta que traería recuerdos enterrados en lágrimas negras.

No contestó... prefirió callar y volver su simulado interés a la taza con café que tenía delante.

—Esta cabaña es muy grande y gracias a Dios la encontré... llevo cerca de veinte horas caminando en el frío, pensé que moriría en la nieve...

"¿Morir en la nieve?" —pensó Javier—. "Morir... cuántas veces pensé en lo mismo... ojalá pudiera..."

Miles de veces, quizás millones, pero nunca había tenido el valor de hacerlo y los recuerdos... tantos recuerdos... de hace tanto tiempo.

El anciano se sacó el remendado poncho térmico con que se envolvía, y le recordó cuando llegó corriendo al hospital al nacimiento de su primer hijo, Daniel... Aún recordaba su nombre y todos sus rostros: su carita de bebé recién nacido, su primer gesto, su cara de susto ante el jardín de infantes, su cara de alegría al terminar el secundario, sus ojos brillantes al terminar la universidad, su rostro con esa expresión de enamorado al salir de la iglesia cuando se casó con Viviana, su mirada tierna al recibir su nieto... recordaba todo. Hasta aquellos ojos vacíos... cuando murió de viejo, y sus últimas palabras dirigidas a él mientras le daba su última caricia en su rostro:

—Pareces mi nieto, papá...

Colgó el poncho en una silla y volvió al lado de la chimenea:

—¡Guau! ¡Qué bien se siente ahora! Me estaba congelando.

Sí, como cuando bajó de escalar con sus bisnietos ¡qué frío tenían todos! Corriendo el último tramo para ver quien llegaba primero al abrigo del hogar, y como siempre, les había ganado. Llegaron riendo detrás de él y José le dijo:

—¡Qué bárbaro, bisabuelo! ¿Cómo podés correr así a tus cien años?

—¡Es que el bisabuelo es un pibe! —acotó Mayra y volvieron a reír.

—En serio, bisabuelo... ¿cómo te mantenés tan joven y tan fuerte a tu edad? ¡Nos vas a enterrar a todos y vas a seguir hecho un pibe! —bromeó Guillermo.

Fue la primera vez que se puso a pensar en el asunto. Siempre se reía de todos por ser tan joven a pesar de haber cumplido los cien años. Bromeaba con ello todo el tiempo. "¡Cómo te puede ganar este viejito! Si yo a mi edad puedo hacerlo ¿cómo vos no podés? ¡Yo a mi edad tengo un aguante!", y mil frases por el estilo empleaba a diario.

Pero nunca se había puesto a pensar... se puso serio ante la broma de José.

Y tenía razón, los enterró a todos... a todos.

Levantó la vista y miró al extraño. Sobre su cuello llevaba colgando un pequeño reloj de arena, sus ropas grises mostraban años de uso, de pobreza, o descuido por su apariencia. Notó el enorme bastón que antes no había visto, de unos dos metros de altura, arqueado en el extremo por sobre la cabeza del anciano, totalmente labrado con inscripciones y dibujos extraños.

Y él había visto tanto en sus persistentes años, que sin querer era uno de los hombres con más conocimiento en el mundo. Había visto quizás todo lo que fuera inventado por el hombre de todas las latitudes, pero había visto más: con tantos años tuvo la oportunidad de conocer a muchos hombres y mujeres influyentes de todos los continentes, y le habían mostrado aquello oculto a los ojos de muchos mortales.

Vio aquellas naves venidas desde otros mundos, quizás desde otras galaxias, o desde otros tiempos. Vio a sus ocupantes aún conservados y todos esos instrumentos que la imaginación no puede siquiera concebir cómo funcionaban.

Vivió un tiempo en aquellos lugares donde pasean los muertos, aprendió a ponerse en contacto con ellos, e inclusive, logró golpear a la puerta del mundo divino, y vio sus seres del bien y del mal, y conversó con ellos como quien habla con un buen vecino, por eso era creyente como ningún otro ser humano sobre la tierra. Por eso no podía acabar con su vida aunque lo pensaba, tantas, pero tantas veces...

Conoció aquellas criaturas de leyenda que sólo él podría haber probado que existían. Convivió con las criaturas más increíbles que Dios pudo poner sobre nuestro mundo.

Vio... vio la vida de sus seres queridos venir... e irse.

Vio... estaba cansado de ver.

Afuera el viento amainaba y el ronroneo del bosque suavizaba la noche. Las llamas crepitaban sin fuerza en la chimenea, el anciano miraba a través del vidrio empañado, al cual había limpiado parcialmente pasándole la mano.

—Bueno, dejó de nevar por fin —le comentó.

Javier sirvió una taza de café extra, y con un gesto de la mano lo invitó a servirse.

—Gracias —el anciano se acercó midiendo sus pasos— me vendrá bien.

Cuando se sentó a la mesa, miró sus ojos y un estremecimiento lo acarició en el dorso. Sus ojos eran comunes, negros, pero... su mirada era totalmente diferente.

—¿Qué ocurre? —le preguntó Leonardo.

—Nada... disculpe —le respondió trémulo, pero no pudo evitar volver a escudriñar sus ojos.

—¿Me conoce?

—No, no lo creo... —contestó, pero la pregunta lo hizo pensar: algo había... tenía algo conocido.

Y es que era difícil recordarlos a todos.

¿Cuántos nietos, bisnietos, tataranietos, choznos —y no sabía cómo había que nombrar a los descendientes de sus descendientes– había tenido? Generaciones y generaciones habían pasado por su camino. Había asistido a miles de cumpleaños, a cientos de bodas, a millones de fiestas.

Pero también había asistido a miles de funerales, de sus amigos, de sus hijos, nietos, bisnietos, tataranietos y, en fin... de miles de sus seres queridos. Ya no quedaba ni uno.

Y recordaba a Miriam, su primera y única esposa... la recordaba todos los días.

—Te amo tanto... sos tan hermoso... tan joven... parecés de veinte años.

Pero tenía noventa y cinco.

El maullido llegó desde lejos, apenas audible, pero lo reconoció enseguida y fue como si la vida volviera a sus ojos.

Se levantó y apuró sus pasos a la ventana, miró hacia fuera, encendió los reflectores y el blanco de la nieve aumentó las luces como un pedazo de sol rebotando entre las cosas.

El corazón se le desbordaba, aquel maullido pertenecía a la única constante que había tenido a lo largo de su vida: siempre aparecía el día de su cumpleaños.

Ahí estaría, otra vez, el maldito gato blanco, casi camuflado con la blancura de la nieve... aún no lo veía pero sabía que pasaría en cualquier momento.

¿Cómo era posible que aquel gato pasara sólo una vez en el año, exactamente a las veintidós horas, momento en que él había nacido?

¿Cómo podía ser que ese mismo gato pasara cerca suyo, sin importar donde él estuviera? Había ido a festejar su cumpleaños a todas partes del mundo... y siempre aparecía con su maullido ponzoñoso, lastimero.

No era un gato común y corriente, y pensaba que quizás ese animal le había traído la vida larga que tenía. Quizás era el culpable de que mantuviera su juventud a pesar de ser el humano más viejo del mundo.

Tenía que cumplir con su ritual de siempre y salir a apedrear a ese maldito gato. Bueno... quizás si lo matara, él podría descansar junto a los suyos.

—Ese animal siempre me molesta —se excusó con Leonardo—. Todas las noches viene y no me deja dormir —le dijo, buscando una justificación para salir a correrlo.

—No le creo —le contestó el anciano.

Se quedó titubeando ¿cómo sabía que no le molestaba todas las noches?

—¿Piensa que le estoy mintiendo? —le gritó molesto —Si usted a mí no me...

—¿No lo conozco? —acotó el anciano—. Usted ni siquiera debería estar aquí.

—¡ESTA ES MI CASA, BIEN QUE PAGUÉ POR ELLA, Y SI ESTOY AQUÍ..!

—Es porque ni siquiera sabe por qué...

Se calló, pero más que por las palabras, fue por sus ojos, se sintió traspasado, escudriñado en cada uno de sus átomos.

Volvió a mirar por la ventana, el gato aún no aparecía, miró hacia todos lados, buscó arriba de los árboles.

—¿Qué sabe usted..?

—Sé mucho, mucho más de lo que usted puede imaginar, mucho más de lo que usted sabe.

—Usted no sabe lo que yo sé.

—Sé quien es usted, y para este asunto es suficiente.

Lo miró ¿sería otro buscador de dinero? A lo largo de los años había hecho una fortuna inigualable, podía mantenerse por milenios con lo que había ganado, pero... aquella riqueza ya había perdido todo su valor.

—Conozco su edad: setecientos sesenta y ocho años no es poco tiempo de vida...

Ahora se sintió mareado ¿sería éste un viejo periodista buscando fama y fortuna por haberlo encontrado? Había sido tapa de revistas y primera plana de muchos diarios, tan sólo por su edad. Recordaba los experimentos a los que fuera sometido, las investigaciones, la pérdida de su privacidad en manos de curiosos y fanáticos.

Recordó los intentos de homicidios que había padecido, perpetrados por aquellos que lo creían tocado por el diablo. Dio unos pasos hacia atrás, preocupado.

—¿Qué quiere usted? ¿Qué busca? ¿Quiere dinero?

—No quiero nada —lo interrumpió el anciano— sino solamente que me deje continuar.

—¿Continuar?

—Sí... todos los años me detiene. No me deja seguir con mi camino, por eso está usted aquí.

El maullido afuera lo sobresaltó, miró rápido por la ventana, pero aún no podía distinguirlo. Supuso que el gato estaría lejos pero enseguida pasaría cerca, porque aquel animal siempre procuraba de alguna manera que él lo viera.

—¿Cómo es que lo detengo? ¿De qué me está hablando? ¿Quién es usted?

El anciano se levantó de la mesa y caminó unos pasos hasta él, miró por la ventana y señaló afuera: ahí estaba el gatito blanco.

—Otra vez ese bicho —dijo, mascullando entre dientes al verlo—. Espere un momento que ya vengo.

Pero el anciano lo frenó tomándolo fuertemente de un brazo.

—Mi persona y él son uno... —le dijo susurrando— déjeme continuar.

—¿De qué me está hablando? ¿Cómo es que ese gato y usted son uno? ¡Suélteme el brazo que voy a salir afuera!

Se puso ágilmente delante de él cerrándole el paso, tomó el collar que llevaba y puso delante de sus ojos el reloj de arena.

—Ese gato es uno de mis granitos de arena, parte del reloj de la existencia, y si usted sigue espantándolo seguirá cortando el correr de su tiempo, seguirá siendo inmortal, y seguirá en éste infierno en donde todo lo que ama... se pierde por el tiempo.

¿Aquél gato era qué? ¿Un grano de arena del reloj DE QUÉ..?

—Debe dejarlo continuar para que su propio tiempo interior continúe. De lo contrario, seguirá acumulando años hasta el final de los siglos...

Sintió el frío del exterior naciendo en su vientre, sus ojos se nublaron y sintió debilitarse sus piernas. Retrocedió unos pasos asustado y sorprendido. Por alguna razón, de algún modo todo aquel disparate cobraba sentido ahora.

—Sí, ha entendido... —le dijo el anciano con una suave sonrisa.

—Usted... usted... ¿quién es?

—Solo soy la manifestación del tiempo... sólo eso. Usted ni siquiera debería verme, pero ha traído grandes problemas a la continuidad temporal... y estoy aquí para poner orden.

El gato se acercaba a la puerta de la cabaña, ya veía sus ojos brillando por los reflectores, miró las huellas dejadas en la nieve por sus diminutas patitas.

—Es bonito —dijo Javier con lágrimas en los ojos.

—Sí, lo son, siempre lo son.

El gato se alejaba de la cabaña con un maullido alborozado y la cola en alto.

Apoyó su mano en el vidrio, y vio que sus dedos abandonaban su color claro para tomar un tono amarillento.

Se miró en el vidrio, su rostro liso y joven, revelaba ahora las arrugas guardadas por tantos años.

Su pelo comenzó a crecer aceleradamente mientras se volvía blanco. Sus dientes comenzaron a desprenderse y caer, sus uñas crecían, al igual que el grito de terror que perdía fuerza y tono.

Las cuencas de sus ojos se agrandaban y ennegrecían. Su espalda se arqueaba, su respiración se agitaba.

Cuando la carne se consumió y se le pegó a los huesos, no pudo más y se hincó de rodillas

—¡POR FIIIIIN!

Cayó al suelo y su cuerpo se quebró en miles de pedazos, que luego estallaron en cenizas por toda la habitación.

Leonardo asintió, sonrió, caminó hasta la mesa y tomó su abrigo. Cuando salió de la cabaña siguió los pasos que el felino había dejado en la nieve y desapareció en la blancura que una luna redonda, brillante y fría, derramaba sobre el bosque.

PICHÓN

MARILINA ABRIÓ LA puerta y se apuró a ayudar a su esposo.

—Viniste re-cargado, no sabía que ibas a comprar tantas cosas.

Entre charlas y bromas, las acomodaron. Como recién casados, cada cosa que hacían juntos se vivía como algo nuevo, fascinante, colmado de emociones.

Aquella mañana Marilina tomaba mate en la cocina, mirando su limonero por la ventana, disfrutando del silencio, cuando lo vio.

El canario amarillo y refulgente llamó su atención con su canto. Se paró despacio para no espantarlo y se acercó a la ventana para disfrutar la melodía del trino.

Se emocionó y sus ojos se llenaron de lágrimas con el gorjeo. Sintió que la invadía una sensación muy especial, y cuando descubrió que tenía ambas manos acariciando su vientre, se dio cuenta de que quería tener un hijo...

—Amor... quiero un bebé.

Matías la miró sorprendido y emocionado.

—Pero... ¿no me habías dicho que querías esperar un año mínimo?

—Sí, quería pasar más tiempo con vos, disfrutar juntos... pero no sé... no sé explicarlo. Es lo que siento... ¿te parece mal?

La abrazó.

—¿Cómo me va a parecer mal tener un hijo con vos?

Y se quedaron abrazados en silencio.

—Señora, no tiene ningún problema —le confirmó su ginecólogo—, le hemos hecho todas las pruebas, no hay nada que le impida quedar embarazada.

Se le llenaron los ojos de lágrimas, Matías tampoco tenía ningún problema de fertilidad, se sintió confundida.

—Quizás sea psicológico... debería ver a un psicólogo.

Asintió. Sentía un poco de alivio pero a la vez estaba preocupada por no saber cuál era el problema.

Cuando llegó a su casa, lo primero que hizo fue ir a la cocina a ver a su compañerito. Otra preocupación más.

—¿Qué pasa que ya no cantás? —le dijo al canario.

Se había sentido tentada de soltarlo, pero Matías le dijo en varias ocasiones que pronto volvería a cantar. A veces se sentía arrepentida de haberle comentado de la compañía del canario en todas sus mañanas, y lo hermoso de su canto, porque Matías quería todo lo más lindo para ella y la sorprendió regalándole el canario enjaulado.

Pero ya no cantaba...

Hacía mucho que no estaban en silencio. Ambos miraban la televisión sin ver nada, angustiados.

Ansiaban un hijo, pero no llegaba. Entre estudios y tratamientos, hicieron todo lo que pudieron pero no lograban que el niño viniera.

La televisión llenaba el vacío con un aburrido programa al que no le prestaban atención.

—Deberíamos soltarlo —le dijo Marilina.

—¿Qué?

—A *Piki*... deberíamos soltarlo. No canta... está triste de estar ahí ¿Cuánto meses lleva? Se va a morir de tristeza.

Matías la abrazó.

—¿Estás segura?

—Sí. Podríamos ir a algún lugar y comprar un canario que cante, de los que nacen en cautiverio, así no está triste ¿no te parece?

—Sí, está bien...

Se levantaron y fueron. Marilina tomó la jaula y ambos salieron al patio.

—Tenela —le dijo a Matías.

Mientras él la tenía, levantó la puertita de rejas y tomó suavemente al canario que, en ningún momento aleteó nervioso tratando de escapar, como resignado.

Con lágrimas en los ojos lo soltó.

—Adios *Piki*...

Pichón

El canario voló, subió unos metros y volvió a bajar veloz para estrellarse en el vientre de Marilina en una explosión de luz.

Matías se asustó tanto que dejó caer la jaula al suelo, ella miraba su vientre.

Una luz rosada quedó latente durante unos minutos, hasta que se apagó.

Nueve meses después... tuvieron su primer hijo.

Relojes

LOS DOS HOMBRES iban y venían tranquilos y extremadamente concienzudos entre la enorme maquinaria del monumental reloj, limpiando, engrasando, controlando.

Edgardo cantaba mientras Martín lo miraba con rencor. ¡Cuántas veces había perdido a la chica que él quería, los amigos, los momentos, por culpa de él!

Limpiaban otra vez el enorme reloj del campanario y él tenía que soportar la pesadísima compañía de Edgardo. ¡Cómo lo odiaba!

Se movían con cuidado entre el traqueteo de los gigantescos engranajes. Lo peor era tener que compartir cada día de trabajo, durante horas y horas con el único que, como él, sabía reparar y mantener aquellos relojes.

Lo último que Edgardo le robó fue su cumpleaños. ¿Para qué fue si no lo había invitado? Y sí... fue para robarle su fiesta, su familia, con esa personalidad falsa y genial que actúa todo el tiempo ¡qué tipo asqueroso!

Martín, temblando de furia, lo empujó entre los engranajes del reloj. Escuchó el alarido doloroso de Edgardo mientras el ruido del crujido de sus huesos lo llenaba de satisfacción.

No tuvo ningún remordimiento al ver sus pedazos repartidos por el suelo, y sus órganos dando vueltas entre los engranajes.

Totalmente salpicado en sangre tuvo que lavarse mucho aquel día. Fue fácil simular un accidente, esas cosas ocurrían en trabajos tan peligrosos y complejos. La policía comprendió y después de muchas declaraciones, lo dejaron ir.

Viajó tranquilo en su camioneta para un pedido de mantenimiento en la Capital. El trabajo le llevaría ahora el doble de tiempo, pero la paga sería toda para él.

Cuando frenó y se dispuso a bajar, lo vio.

Era una manchita roja en su reloj, acercó los ojos y un vació le llenó: era una gotita de sangre.

Se apuró a limpiarla. ¡No entendía cómo se le había escapado!

Se bajó y lo apartó de sus pensamientos. Subió al ascensor y, cuando iba a apretar el botón de la torre, sintió otro escalofrío al ver otra gota de sangre en el reloj.

La limpió nervioso, se sacó el reloj y lo miró por todos lados buscando otra gota, pero no encontró nada.

Dos días después tuvo que ir a hacer otro control. Se había quedado sin camioneta, así que tuvo que tomar el colectivo y llevar su caja de herramientas.

Mientras viajaba miraba distraído hacia fuera, cuando la vio: sentada delante de él, la señora llevaba un reloj... con una gotita de sangre.

Miró nervioso la gota, miró su reloj y no vio nada.

—Señora... —le dijo, nervioso— disculpe que la moleste, pero... está sangrando...

La mujer miró donde él señalaba.

—¿Perdón?

—Qué está sangrando... digo... debe estar lastimada... ahí, sobre el bordecito del reloj tiene sangre...

La mujer miró su reloj, dio vuelta el antebrazo.

—Perdón, no entiendo, estoy bien, acá no hay nada.

Se quedó sintiendo un escalofrío en la espalda ¿cómo no veía la gota escarlata que ahora se deslizaba por su mano?

—Disculpe... —murmuró.

No dijo más, se quedó viendo por la ventanilla, resistiendo la tentación de mirar la gota que ahora caía al suelo.

Se bajó del colectivo nervioso, quizás no había sido nada. Tal vez sólo le había parecido.

Caminó hacia su trabajo y cuando dio los primeros pasos vio un rastro de gotas de sangre en el piso. Lo siguió con la vista hasta una chica que cruzaba la calle. La sangre chorreaba de su reloj.

Vio que nadie la miraba ¡ni ella se miraba! Nervioso, apuró sus pasos hacia su trabajo.

¡Otra vez sangraba su reloj! Lo limpió frenético gimiendo mientras la gente se apartaba de él como podía en aquel pequeño ascensor.

Salió irritado. Pasó a su lado un hombre con su reloj chorreando.

—¡Oiga, oiga! ¿No lo ve? ¡ESTÁ SANGRANDO! —le gritó tomándolo del brazo y lo sacudió. El hombre le devolvió el empujón.

—¿Qué te pasa? ¿Estás loco?

—¡MIRE SU MANO, ESTÁ SANGRANDO!

—¡Salí, o te bajo los dientes!

Caminó tembloroso hacia el reloj de la torre. Entró escuchando los chirridos de los engranes y el tic-tac del gigantesco péndulo.

Sudaba, chasqueaba al pisar el suelo, y cuando baja la vista, ahí estaba: chapoteando en un mar de sangre.

—¡No, no, no puede ser!

Ve los engranajes sangrando, y empieza a limpiarlos imprudente y enajenado.

Pero no puede, un mar de sangre cae salpicando todo, siente el frío correr por su muñeca y mira: su reloj también sangra.

Cuando llega a la calle no puede más del espanto: sangre saliendo a borbotones de los relojes ¡de todos!

Casi se arroja sobre un taxi para pararlo.

—Lléveme rápido al campanario del centro.

Cuando llega arriba, agitado y sudoroso, ve la inundación de sangre, las vísceras y pedazos de carne dando vueltas en la maquinaria.

Mientras limpia lo más rápido que puede, no logra parar la cascada de sangre que brota del suelo, de los engranajes, de los contrapesos, del péndulo, de las paredes, del techo, de su reloj de muñeca... y ahora el grito reemplazando al chirrido de los rozamientos: el alarido de Edgardo.

Entonces, sin darse cuenta, siente el tirón y más horrorizado aún ve cómo aquellos dos engranajes lo atraen. Forcejea con su ropa, pero no puede.

Grita al escuchar crujir sus propios huesos.

Presa de convulsiones, la mitad superior de su cuerpo cae al suelo mientras la otra se despedaza entre las piezas.

Martín mira el caos, entonces observa la hora, ve que por fin su reloj está limpio... y sonríe.

RENACIMIENTO

VIVÍA DE FIESTA en fiesta, como todas las de su edad. Si un día dormía tres o cuatro horas era mucho. Su ocupación principal era emborracharse, drogarse era un hobby de todos los días, y le encantaban las reuniones de sexo desenfrenado, en grupo, aunque las jornadas de masoquismo no, porque rechazaba el dolor en todo sentido.

Había despertado con una sensación muy rara en el cuerpo, que no podía definir como un malestar. Se volteó en la cama y vio el reloj ¡había dormido ocho horas seguidas!

Se levantó despacio y se dio cuenta que no tenía muchas fuerzas para moverse. Fue a higienizarse y cuando se miró al espejo lo vio: era una pequeña escama en su piel.

—¡Ay, no, que me pesqué ahora! —susurró Sofía recordando todas las enfermedades que se había pescado.

La sala estaba atestada de jóvenes que, como ella, se habían contagiado.

Cuando la llamaron, entró al consultorio y lo vio: era un hombre mayor.

—Hola —le saludó, pero ella no respondió, sorprendida. El doctor la miró un par de veces mientras ordenaba sus papeles, y le sonrió.

—¿Es tu primera vez?

—No... no... —dijo un poco aturdida— ya vine antes acá...

—No digo eso, me refería a que es la primera vez que ves a un hombre mayor ¿verdad?

—¡Ah, sí! disculpe... me habían contado cómo eran... pero verlo...

—Sí, sí, es diferente, somos como una leyenda... Ahora dejame que te revise.

Comenzó a examinarla con cuidado, pero no tardó mucho. El médico le pasó una tableta por su antebrazo y vio cómo se desprendían largos jirones de piel.

—¡Ay, no! ¿Qué tengo ahora?

El doctor le dio una sonrisa comprensiva y volvió a su lugar, del otro lado del escritorio.

—No te preocupes, que lo que tenés es tratable.

—¿Sí?

—Sí —tomó el teléfono y llamó en voz baja.

—¿Pero?

—Pero... necesito internarte para poder curarte ¿sabés?

—¿Mucho tiempo?

—Todo depende de vos, de cómo hagas el tratamiento. ¿Tenés que avisarle a alguien?

—No... es decir... sí... tengo muchos amigos, pero no hace falta que les avise... ¿Cuándo me tengo que internar?

—Ya...

—¿Ya?

—Sí. ¿Tenés problema de empezar el tratamiento ahora? Cuanto antes empieces, mejor.

Sofía se quedó pensativa, por lo menos quería ver a sus amigos una vez más, aunque reconocía que en su ligera vida en realidad no había nadie por quien sintiera algo profundamente.

—No, no... empiezo ahora.

—¿Necesitas buscar algunas cosas?

—No me hace falta.

—Entonces, ya ingresás.

Iba en el piso superior del micro, mirando el paisaje sin disfrutarlo. Tenía un montón de compañeras en las mismas condiciones que ella, y no quería ni mirar a otras que estaban mucho peor, llenas de vendas con jirones de piel cayéndose por todos lados y la cabeza casi pelada, algunos mechones sueltos apenas desprendiéndose. "¿Esto tiene cura?", pensaba, al verlas.

Les llevó horas el viaje. Llegaron a un valle con grandes montañas, al fondo del cual había un edificio enorme y hermoso, pero rodeado de un muro, como si fuera una fortaleza.

Apenas entraron, las condujeron a un salón. Tuvo que esperar sentada, escuchando el murmullo de sus compañeras y sin ánimo de hablar con nadie. Entonces se hizo un silencio de ultratumba.

Levantó la vista y la vio...

Era una anciana...

—Buenos días jóvenes... mi nombre es Mirta —dijo con la voz temblorosa por la edad—, y tengo doscientos cincuenta años.

Un murmullo de asombro corrió por todo el recinto.

—Todas ustedes llegaron aquí por lo mismo y no pueden perder el tiempo, por eso están en este salón y no en habitaciones de hospital... porque todas se están muriendo.

El murmullo fue reemplazado por sollozos, llantos, y gritos de desesperación. Sofía sentía que el corazón se le paraba del pánico.

—Les espera una muerte lenta, tranquila, sin dolor...

El griterío se fue calmando cuando unos hombres mayores entraron y comenzaron a pedir silencio. Más que por autoridad, fue la sorpresa de ver tanta gente grande junta la que hizo que las mujeres se callaran.

—Pero pueden salvarse...

Se hizo un nuevo silencio, ahora esperanzador.

—Solo hay una cosa que pueden hacer: nuestra raza, lo que somos, la forma en que vivimos, nuestra especie, durante diecisiete o veinte años vive una vida de disfrute, de diversión y de gozo, totalmente descontrolada, y ahora ustedes... ahora están pasando por un cambio, un *renacimiento*, y deben tomar una decisión, como la tomamos todos.

Hizo un alto que pareció interminable.

—Sus cuerpos llegaron a un desgaste tal que deben desprenderse de ellos para poder continuar viviendo...

Un nuevo silencio, mucho más prolongado que el anterior...

—Deben ir a la *Montaña de la Resurrección*... y desprenderse de toda la piel, de sus vísceras, corazón y ojos y permanecer así hasta que vuelvan a regenerarse. Entonces podrán vivir cientos de años.

El griterío volvió de golpe, ahora las jóvenes mujeres se ponían de pie más desesperadas y violentas, diciendo que la anciana estaba loca, qué clase de lugar era este al que las traían para que se suicidaran. Dementes, enfermos...

Los hombres fueron hasta el escenario y rodearon a la anciana para protegerla.

—Afuera, detrás de los muros del *Centro de Renacimiento*, encontrarán las *dagas rituales* con las cuales deberán llevar a cabo su cometido —dijo la anciana—. Adiós señoritas... les deseo suerte y mucho valor y muuuuucha bravura... porque la van a necesitar. Yo misma estuve ahí...

Y se fueron, dejando detrás un griterío atroz, desgarrador.

Sofía salió del salón con un nudo en el estómago. Miró a su alrededor y entonces notó que había dos enormes muros que le cerraban el paso a las otras instalaciones, formando un embudo hacia la puerta.

—¡No puedo creer lo que nos dijeron! —La sobresaltó la voz de una rubia de unos quince años—. Yo me estoy cayendo a pedazos y ellos quieren que me suicide. ¡Este lugar es de locos!

No le respondió, estaba muy aturdida.

Habían pasado dos días y ya el grupo estaba disperso. Habían intentado derribar la puerta detrás del escenario, pero les resultó imposible. Las peleas y las discusiones cada vez más enconadas continuaban y cambiaban de tono a cada rato.

Decidió salir cuando dos mujeres, armadas con los puñales del ritual se cruzaron en una pelea mortal. Salió cuando una de ellas cayó muerta.

Afuera había cientos de pequeñas columnas de piedra, y en las rendijas talladas a su alrededor estaban los puñales.

Miró a muchas mujeres que caminaban cerca de ella, insultando, llorando y lamentándose. Entonces vio a unas pocas yéndose a lo lejos, en dirección a las montañas.

—No puede ser... —susurró llorando, y fueron sus primeras palabras desde que llegó ahí.

Se acercó a la columna, que tendría unos cinco metros de altura y apenas llegaba al metro y medio de ancho. Extraños signos estaban tallados a su alrededor, y de algunas hendiduras sobresalían mangos brillantes, habría cerca de cincuenta columnas separadas a diez metros unas de otras.

Miró sus manos llenas de ampollas, manchas, y piel desprendida. Se las pasó por la cabeza y descubrió que estaba perdiendo pelo.

—¡Ay, Dios..!

Las dagas... Quitarse su cuerpo adolescente... ¡Todo eso era una locura!

Estuvo horas mirando las columnas y las dagas, pensando. No era un sueño ni una pesadilla, era la más pura verdad, aquello estaba ocurriendo. Otras mujeres ya habían tomado sus dagas y se habían ido, pero Sofía no podía. Recordaba su vida tan movida, tan divertida, tan llena de placeres, y le parecía increíble haber llegado ahí. Se decía que necesitaba más respuestas, que debía haber otra cura.

Pero las columnas estaban ahí, con las dagas que esperaban...

Una chica morocha y muy hermosa pasó a su lado, temblando. Le echó una mirada triste, trepó usando algunas hendiduras como escalones, tomó una daga y se alejó.

Pensó en las que habían creído que era la única forma de cambiar ¿era la única alternativa?

Se puso de pie y aún dudando, rodeó una de las columnas, tomó una daga, y se dirigió a la montaña.

Cada uno de sus pasos era peor que el anterior, pero sabía que debía darlos. Por delante de ella y muy por detrás, vio mujeres en su misma condición, algunas en peor estado físico, llorando y marchando.

Caminó durante horas, las piernas cada vez le pesaban más. Le dolían los pies, estaba hambrienta y sedienta, comenzó a arderle la piel por el sol.

En el sendero se encontró con algo que le quitó la respiración...

Diseminadas por todos lados de la montaña, había sangre seca y fresca, miles o cientos de miles de esqueletos, hasta donde la vista alcanzara...

Las chicas que iban delante de ella se habían quedado sin moverse, espantadas.

No las vieron venir hasta que las tuvieron cerca. Era un grupo de mujeres adultas, hermosas, algunas bien vestidas, otras con harapos y otras desnudas, todas con la daga en la mano...

—Vale la pena... —le dijo con una suave sonrisa una de ellas.

El grupo comenzó a atosigarlas con preguntas, las agarraban del brazo o las abrazaban buscando consuelo. Otras preguntaron si todo lo que les habían dicho era cierto.

—Sí... y les queda poco tiempo... —fue la única respuesta, pero lo suficiente para que las dejaran ir.

Siguieron la marcha. Cada tanto había unos cuerpos despellejados, otros llenos de gusanos, otros putrefactos. Un olor nauseabundo le golpeó el rostro, tuvo arcadas y cayó de rodillas.

Cuando pudo levantarse continuó. Se alejó, y empezó a trepar la montaña como podía.

El lugar era como una pequeña terraza de piedra. Tenía una enorme roca saliente arriba que le hacía de techo y la protegía del sol. Se sentó pensando y mirando los puntos blancos de los esqueletos allá abajo, y algunas mujeres marchando.

Su piel se mostraba arrugada y marchita, prácticamente pelada.

No quería morir... pero pensar en lo que le habían dicho que hiciera era una locura. Y esas mujeres... las que bajaban de la montaña...

"No quiero morir... pero tampoco quiero continuar viviendo así" —pensaba acariciando sus descamaciones que ahora eran mayores.

Se sacó toda la ropa, se descalzó, y dejó todo a un costado, detrás de una piedra. Empuñó la daga.

Respiró profundo tomó coraje... y el primer corte en su brazo acompañó el primer grito de la mañana.

¿Cuántas veces se había desmayado? Había perdido la noción del tiempo y el temblor en su cuerpo parecía interminable. Trató de incorporarse y sus manos patinaron en la sangre.

Miró sus brazos despellejados sangrando por todos sus poros, y a pesar del dolor no entendía cómo volvía a estar conciente.

Logró sentarse y llevó el cuchillo a sus piernas. Deslizó el filo contra su piel dando un alarido y la sangre nuevamente salió a borbotones.

Cuando volvió a despertar la noche estaba en todo su esplendor. Escuchaba otros gritos a la distancia, y el dolor incontenible, implacable, se apoderó nuevamente de su cuerpo y gritó con todas sus fuerzas.

No sabía cuántas horas llevaba despellejándose. Le había costado mucho hacerlo en su espalda, pero nada se comparaba con sacarse la piel de sus partes más íntimas.

Ahora su cuerpo convulsionaba. Sintió la daga en su mano y supo que no podía echarse atrás... y no le importó.

Si con esa acción moría, se sentiría liberada.

Se puso de costado con mucha dificultad y clavó el puñal en su vientre, grito otra vez más, vomitó sangre y se revolcó en la piedra... pero en esa ocasión no se desmayó.

Llevó la daga hacia arriba y sintió el ruido de su interior deslizarse afuera como una cascada. Alcanzó a ver sus vísceras y la sangre más espesa que nunca reflejando la luz de las lunas.

Era de tarde cuando volvió en sí. Temblaba sin parar y aún empuñaba con fuerza la daga.

Deslizó su otra mano sobre su pecho, y sintió su corazón latiendo al aire libre... vomitó sangre, no pudo levantarse: pero estaba viva aún y no entendía cómo.

Entonces, inmersa como estaba en el dolor, comprendió que todo era verdad con una certeza tal que el puñal cercenó su corazón tan rápido que ni tiempo le dio a gritar, y sin detenerse perforó sus ojos y los arrancó con ambas manos.

Estaba lloviendo cuando despertó. El agua fresca le percutía el cuerpo abierto y descarnado y resultaba más una tortura que una calma refrescante.

Sintió sus ojos en las manos y las abrió para soltarlos. El zumbido la hizo reaccionar y trató de espantar las moscas. En medio de su ceguera movió sus brazos, sus piernas, pero el dolor fue tan fuerte que no pudo continuar. Volvió a gritar.

Y descubrió entonces que estaba llena de gusanos, pero que no obstante... respiraba.

Su corazón estaba al lado de su brazo, fuera de su cuerpo. Movió una mano en su pecho ahuecado y tocó los gusanos. Lloró, gritó y volvió a desmayarse...

No sabía cuanto tiempo había pasado, si era de día o de noche. Despertó y sintió algo diferente: tocó su pecho y un pequeño corazón latía en su interior. Deslizó la mano a su vientre y encontró nuevos órganos creciendo. No había moscas ni gusanos, así que se tocó los brazos y descubrió que estaba limpia de insectos.

Quiso sentarse y tanteo a su alrededor, pronto la oleada de dolor la invadió y gritó: aún estaba en carne viva y sus órganos no estaban bien sostenidos.

No se desmayó pero deseaba estar inconsciente hasta que aquello terminara. Se recostó y respiró profundo, sollozando, logró distinguir otros gritos a la distancia.

El golpe helado la despertó y el dolor arrancó un tremendo alarido, apenas sofocado por el ruido de la tormenta. Otras gargantas la acompañaron a lo lejos.

Se enfrió al punto de temblar apenas se tocara, y entonces descubrió que la piel se le estaba regenerando. Tocó su interior y notó que algo gelatinoso y pegajoso, que al tacto se desprendía como una telaraña, había crecido y recubría sus órganos.

Llevó una mano a su rostro y metió sus dedos en las cuencas vacías, para encontrar lo mismo en ellos.

En medio del intenso dolor sonrió por primera vez desde que empezara el calvario. Comprendió.

Tanteó su cuerpo y encontró que su pecho y su vientre estaban cerrados. Tocó su piel y la sintió suave, y comenzó a llorar cuando descubrió que no sentía más dolor. Lloraba sonriendo...

Aún estaba ciega. Tocó su rostro y las cuencas de sus ojos estaban llenas de aquella sustancia gelatinosa que volvió a pegarse a sus dedos.

Se puso de cuatro patas temerosa de caerse por la pendiente, y gateó tanteando las rocas, hasta que encontró pequeños charcos de agua que bebió desesperadamente. Repitió lo mismo varias veces hasta calmar su sed.

Escuchaba voces llamando a lo lejos pero no entendía que decían, y cuando gritó para buscar alguien cerca, sólo podía pronunciar elevados tonos guturales, casi no podía hablar.

No sabía que hora era, pero un poco de luz hirió sus ojos y rápido llevó sus manos a tocarlos, ya estaban. Tembló un poco y descubrió que el suelo estaba cubierto de nieve.

Volvió a frotarse los ojos y notó que una película muy fina se desprendía de ellos.

Feliz, radiante, parpadeó deslumbrada tratando de ver a su alrededor. Cuando sus ojos se acostumbraron a la luz pudo descubrir un paisaje blanco, y algunas mujeres a la distancia saludándola.

Respondió el saludo riendo y escuchó otras voces cantando, gritando de alegría, festejando... eran muy pocas.

Y mientras miraba descubrió su rostro en un espejo de hielo, y se quedó sorprendida.

Su pelo se había vuelto negro, lacio y largo hasta la cintura. Su rostro ya era adulto, sus ojos negros un tanto finos y largos, profundos y hermosos. Recorrió su cuerpo y palpó su cadera más ancha, sus pechos desarrollados y plenos, sus piernas más largas.

Tomó la ropa que había dejado a un lado, se calzó, se vistió, y emprendió el retorno.

—Solo veinte de las doscientos cuarenta y nueve que partieron a la Montaña de la Resurrección, tuvieron el valor de cambiar —dijo solemnemente la anciana—, y sólo seis hombres de los doscientos quince que partieron al *Desierto de la Reencarnación*, tuvieron el mismo coraje.

El grupo permanecía en silencio, sentados en el césped. La anciana hablaba lentamente con ternura, sentada en la fuente sólo el ruido del agua acompañaba sus palabras.

—Todos sabemos por lo que han pasado, todo cambio cuesta, y quitarse el cuerpo de la adolescencia para ser un adulto en la forma en que nuestra especie lo hace, es una decisión de valor que muy pocos pueden tomar. Cambiar duele... implica romper con las estructuras de toda una vida...

» Pero el dolor del cambio tiene su premio, un mayor grado de libertad y de autoconciencia, una mayor fortaleza para tomar decisiones... el camino a la sabiduría es largo y nuestra existencia tendrá muchos renacimientos por delante... pequeños, grandes... aunque el peor es el primero».

El atardecer se presentó tiñendo en grana el cielo. Sofía escuchaba mientras miraba el paisaje, ahora distinto ante unos ojos que tenían un tiempo diferente para verlo.

—A lo largo de sus vidas deberán tomar la decisión de cambiar o seguir como están, recuerden este momento: a pesar de todo el dolor... cambiar vale la pena.

»Y después de todo cambio... se abre un mundo nuevo antes sus ojos».

RESET

DESPUÉS DE UN angustioso esfuerzo habían logrado encontrar las ruinas que, según la leyenda, estaban ahí desde el comienzo del mundo. La caverna había sido tallada en la roca, y sus paredes estaban tapizadas de signos de todo tipo, indescifrables por el momento.

Los arqueólogos festejaban, sus ayudantes, camarógrafos, y científicos de las más variadas ciencias, los acompañaban con cantos, abrazos, aplausos y demás manifestaciones de alegría.

La Roca Inicial se encontraba en medio de la habitación. Una pequeña tarima rústica, que se elevaba un metro del suelo, como un cilindro tallado, de un metro de diámetro. Arriba se encontraba otra roca de forma rectangular, de ochenta centímetros de largo, y cincuenta de ancho y de alto.

Mientras algunos investigaban las paredes, el suelo, el techo, y los utensilios que había desparramados por el lugar, los científicos y arqueólogos rodeaban *La Roca Inicial*, discutiendo.

Alessandro tomó un pincel y una pipeta de goma, comenzó a limpiar la parte superior de la piedra y sopló con la pipeta en los lugares más delicados. Ra se unió desde un lateral. Sófocles y Xarles tomaron sus lugares uno a cada extremo, y el otro lado quedó en manos de Zavrina.

—Me parece que son dos rocas —dijo Zavrina casi susurrando. El resto de los arqueólogos abandonaron sus lugares y se apuraron a comprobarlo.

—Sí —dijo Xarles—, parece que la roca rectangular está apoyada sobre el pilar, son dos cosas diferentes.

El resto asintió.

—Asegurémonos de tener todo en orden antes de moverla, digo... por la ansiedad —acotó Sófocles, preocupado, pensando que debido al entusiasmo sus compañeros estarían ansiosos por moverla enseguida y podrían dañarla o destruirla. Todos rieron.

—No te preocupes —le dijo Ra—, sabemos lo que hacemos.

Casi seis horas después la piedra estaba lista. La habían limpiado, soplado, medido, fotografiado, filmado. Y otras muchas pruebas químicas estaban en marcha, cuando Ra dijo.

—Creo que ya está lista.

Trajeron una camilla reforzada con una cúpula que la protegería del exterior, estaban listos para llevarse la piedra.

Con mucho trabajo lograron colocar unas seis palancas.

—A la orden de tres —dijo Zavrina— uno... dos... ¡tres!

Levantaron todos juntos la roca y pasaron dos largas barras de hierro por abajo, la volvieron a bajar.

Alessandro y Xarles tomaron la barra de adelante, Ra y Sófocles la de atrás. Luego levantaron la roca cuidadosamente y caminaron despacio hacia la camilla. La bajaron con mucho cuidado girando las barras para deslizarla, y cuando estuvo sobre ella la aseguraron con cintas y la rodearon con tablas de material aislante y protector, antes de colocarle la cúpula.

Todos aplaudieron, y mientras un grupo iba con la piedra seguido por los arqueólogos y científicos, otros se quedaban investigando el lugar.

Llevaban varios años de impaciente investigación sobre las escrituras encontradas a los laterales y en la parte superior de la roca, y no habían podido descifrarlas.

Si bien el mundo entero ya conocía su hallazgo, lo cierto es que mucho de lo que habían encontrado no lo habían expuesto, necesitaban estar cien por cien seguros de lo que habían descubierto.

Sabían que con sus carreras acabarían si daban a conocer la edad de aquella piedra porque iba en contra de todo lo que la historia relataba. Era tan antigua, que quizás existía antes que la vida conocida en nuestro planeta, mucho antes de que algún ser saliera a dar sus primeros pasos en la tierra.

Sí, se los comerían crudos... los llamarían de todas las formas burlonas que existieran. Debían ser muy meticulosos si querían revelar que antes de que hubiera vida, ya existía una capaz de tallar esa roca, que conocía la escritura y que tenía una cultura desarrollada.

No podían llamarlo *pre-historia*, eso era muy antes de la misma. Sabían que la *arqueología prohibida* apoyaría su descubrimiento, pero temían ser parte de ese ejercito de valientes científicos y arqueólogos que habían descubierto civilizaciones avanzadas antes de la historia conocida y *aprobada...* que hoy estaban desempleados por dar a conocer la verdad de sus hallazgos.

Un ejército de científicos, arqueólogos, expertos en informática, y muchos genios de distintas ciencias, luchaban por leer las escrituras.

Pero no habían logrado nada...

—¡SÍIIII! —gritó Xoan cuando la primera palabra asomó en la pantalla de la computadora.

Corrió al teléfono y llamó a sus colegas. Enseguida se hizo una cadena ansiosa, y a las tres de la madrugada el laboratorio se llenó de gente.

No faltaron los cantos, las sidras descorchadas, los ojos llenos de lágrimas, la alegría, las bromas.

Estaban contentos y más curiosos que nunca, la palabra escrita en un rectángulo en el centro de la parte superior de la caja, decía: *RESET*.

No sabían qué quería decir pero, al poder leerla, comenzaron con el resto de las inscripciones. Las computadoras adelantaron su trabajo a pasos agigantados, y con ese incentivo, los criptógrafos lograron un salto gigantesco.

Zavrina recorría la palabra una y otra vez.

—Me parece... —susurró.

—¿Qué encontraste? —le preguntó Sófocles.

—Si mirás bien... en este lugar hay una pequeña hendidura...

—¿A ver? —tomo una lupa digital y aumentó al máximo la resolución—. Sí, sí, tal cual... es una hendidura...

Los otros se acercaron a mirar. Inspeccionaron el hallazgo que pasó por todos los ojos.

—Pues... pareciera una hendidura —dijo Ra tomando un soplete, y comenzó a limpiar todo el borde.

—¡Oigan! ¡Oigan! —avisó Alexei desde una Terminal de computadora—, estamos logrando descifrar otros escritos.

Xarles y Ra se apuraron a mirar, el resto se quedó con la piedra.

—*En... la... este...* dice...

—Sí ¡miren! La hendidura rodea la palabra más grande... parece estar separada... —todos asintieron.

Tomaron unas espátulas y con cuidado hicieron palanca tratando de levantarla, pensando que quizás era una tapa.

—*En caso... por... la evolución... este...*

—No, no... no sale...

Zavrina tocó el tallado.

—Miren: logramos que se mueva... ahora está suelto ¿por qué no sale? Tocaron el tallado y comprobaron el movimiento.

—A ver... —Sófocles presionó la piedra— ¡miren, se hunde!

—Tal vez sea una tapa... y al presionarla se caiga... —dijo Alessandro.

—*En caso de, por civilización... la evolución... apretando este...*

—Algo de eso hay... —dijo Zavrina—, seguí presionando, tal vez libere un mecanismo.

—¡Sí, claro! —dijo Sófocles— estás viendo muchas películas, me parece.

Rieron y siguieron empujando, era como un botón grande que descendía muy fácil, con apenas un poco de presión.

—*En caso de emergencia por civilización... la evolución apretando este... botón...*

—Ya llegó al fondo... no sale... no baja más —dijo Sófocles, tomó los bordes superiores de la caja y tiró de ella—. ¡Ufa! ¡No es una tapa! ¡No liberó ninguna traba! ¡No sale! —los otros se apuraron a ayudarle.

—¡LISTO! ¡LISTO! ¡LO TENEMOS! —gritó Ra abrazándose a Xarles, y leyeron a coro y casi gritando:

—EN CASO DE EMERGENCIA POR CIVILIZACIÓN DESCONTROLADA, REINICIE LA EVOLUCIÓN APRETANDO ESTE BOTÓN.

—¿Qué?

No llegaron a decir más: de la piedra salió una onda luminosa potente y veloz, como una silenciosa explosión. A su paso todo desaparecía y quedaba en su forma más primitiva.

Las personas caían al suelo transformándose en monos, reptiles, peces, reducidos al caldo de moléculas orgánicas que fueron al principio. Los edificios desaparecían y sólo quedaban valles y desiertos... todo lo que había construido la civilización, desparecía de un soplo.

Los animales se desplomaban por todas partes, agitándose y transformándose en sus ancestros. Algunos simplemente desaparecían. Otros crecían y tomaban la forma de gigantescos dinosaurios revolcándose en la tierra, para luego quedar reducidos al mismo caldo primordial.

Las plantas se sacudían y pasaban por distintas formas, los bosques crecían como si desenrollaran un manto sobre la superficie, los continentes se movían como si tuvieran un descomunal motor fuera de borda... hasta unirse en uno solo, como fuera al comienzo.

El clima se desprendió de su capa de contaminación como si pasaran un borrador. En un instante se congeló la tierra en una velocísima y corta era del hielo.

La Tierra giraba en contra de su rotación normal tan rápido que, desde el espacio, sólo se veía una mancha borrosa sobre su superficie, y desde la Tierra el sol sólo era una fugaz línea luminosa...

Cuando todo se detuvo, quedó un planeta apenas enfriándose de su creación... lloviendo sobre toda su superficie.

Y un caldo de moléculas orgánicas complejas, esperando su próxima oportunidad...

CORREDOR

—ESTAMOS LISTOS —le dijo Robinsón.

—Ok... ahí voy —respondió Gonzalo—, esperemos tener suerte.

Ya era reducido el número de los cazadores de *La Leyenda del Viento*. Habían encontrado pocos vestigios de una pequeña civilización apartada de toda la historia, que habían indagado entre las dimensiones, y sus creencias religiosas estaban relacionadas con algunas de las modernas teorías de los agujeros de gusanos, de viajes temporales y muchas otras que sorprendían a los expertos.

Estaban muy intrigados con los papiros que habían encontrado, que hacían referencia y contaban acerca de un ser que viajaba entre mundos por una puerta de paso.

Habían encontrado pruebas, aquella leyenda ya parecía ser mucho más que eso, pero nadie les había creído y fueron el hazmerreír del mundo científico, sólo les quedaba un patrocinador. Si volvían a fallar no les quedaría nada...

—¿Cuándo empezamos? —le dijo Danila.

Gonzalo miró un cronómetro especial que registraba cuando aparecería aquel viajero entre mundos. El *Paso del Tiempo* estaba despejado y con la maquinaria preparada otra vez.

Era un pequeño sendero cavado en la roca con extraños signos tallados aún no descifrados. Según la leyenda, en una época puede verse pasar por aquel sendero al viajero.

Así que sólo era cuestión de esperar: un día... una época... estaba escrito...

Ya habían agotado los instrumentos anteriores sin éxito, pero una lectura más profunda de los hallazgos les dio certezas de cómo verlo.

Pero Gonzalo quería ir mucho más allá...

Estaban expectantes, el aliento contenido, el pulso alerta...

La maquinaria valía toda una fortuna, tal como la leyenda decía: *hebras de luna podrán atrapar al corredor del viento*... y ellos habían construido una enorme maquina con una red de acero enchapado en plata.

La máquina consistía en un enorme carro de unos seis metros de altura que formaba un arco sobre el Paso del Tiempo. Era capaz de acelerar cerca de trescientos kilómetros por hora en diez segundos, manteniendo la velocidad sobre unos rieles de casi cuatrocientos kilómetros de largo. Al final otro complejo sistema de frenado lo esperaba.

Un conjunto de computadoras seguía una cuenta regresiva para disparar el *"Cazador del viento"* justo en el momento en que pasara el viajero entre mundos, y ya estaba a pocos segundos de la acción.

Subieron a sus vehículos con propulsión a turbinas, se ajustaron los cinturones, sólo la adrenalina los animaba a perseguir a su cazador a través del camino que fabricaron a los costados de los rieles.

La explosión no se hizo esperar: el carro se disparó en un instante, y ambos vehículos encendieron pulsos de fuego y corrieron tras él.

La inercia los sepultó en sus asientos y no faltó algún loco gritando un *sapucai* a través de los micrófonos. Manejar un vehículo impulsado por una turbina de avión no era nada fácil, y sentían arriesgar la vida en cada milimétrica tracción del volante.

Danila transpiraba aterrada, pero alcanzó a mirar de reojo el carro: la red iba estirada hacia adelante como si algo estuviera en su interior.

—¡MIREN EL CARRO! ¡SI PUEDEN, MIREN LA RED! —le gritó a sus compañeros esperando que los choferes no les hicieran caso.

—¡SÍ, SÍ, HAY ALGO EN LA RED! —respondieron en medio de hurras y exclamaciones.

Casi inmediatamente a partir los paracaídas frenaron los vehículos y el carro accionó retrocohetes, paracaídas y frenos, hasta detenerse.

Ni bien pararon, corrieron a la red que se mantenía temblando abultada. Miraron en su interior: una criatura bípeda de dos metros de alto, cubierta de pelos, vestida con harapos de cuero, mostraba unos enormes y humeantes pies de un metro y medio cada uno. Tenía los ojos tan finos y largos que apenas podían adivinarse dos líneas, una nariz pequeña, un mentón afilado y alargado. Mostraba un rostro largo y puntiagudo en un cráneo prolongado de casi un metro, que tenía una forma aerodinámica. Sus brazos eran extremadamente pequeños, con cuatro dedos en sus manos diminutas. Estaba enredado en la malla metálica, dando manotazos, tratando de salir.

Comenzaron a ayudarlo mientras otros tomaban armas de aturdimiento.

—¡RIBERLANG, IAMUBA LUZO! —gritó el ser.

Se quedaron un momento sorprendidos, y continuaron ayudándolo.

—¡DEJIMBER, NAI SBRUN LU KEISH ACCIEN!

—¿Qué estará diciéndonos? —se preguntó Danila, nerviosa.

—Debe estar insultándonos como el mejor... —respondió Gonzalo.

Lograron soltarlo. Se quedó sentado en el suelo, mirándolos.

—¡Dejenbré, noi sabren lo quey istan icindo!

—¡Guau! —comentó Robinsón— ¿Me pareció o casi se le entiende?

—¡No, no! ¡Casi se entiende! ¿Puedes entendernos? —le preguntó Danila.

—¡Sí, sí! comprenduy vostro dioma ¡no sabren lo que han acido!

—Queríamos conocerte, viajero entre mundos —dijo Gonzalo—, queríamos que conocieras tod... —pero el ser lo interrumpió con un gesto.

—No soy vajero intri mondos, io ago rotar al mondo.

—¿Qué? —respondieron— ¿Que haces girar al mundo?

—¡SEY! ¡CORRO SEMPRE EN MISMO LOGAR, ACIENDO ROTAR! ¡Y ARORA MONDO PARADO, MONDO NO ROTA!

Y entonces vieron que en el horizonte se alzaba una línea negra que crecía rápidamente. Se levantó una brisa fría y pronto se transformó en un viento furioso. La tierra empezó a temblar.

La línea mostró un océano desbordado en una ola de unos dos mil novecientos metros de altura que se acercaba a cientos de kilómetros por hora. El grupo se quedó paralizado, aterrado.

—¿Qué hicimos..? —murmuró Gonzalo.

La ola cubrió las montañas y dio varias vueltas alrededor del mundo, envolviéndolo todo.

Y un mundo totalmente azul, mostraría siempre el mismo día y la misma noche hasta el final de las estrellas...

SEGURIDAD

EMMANUEL LLEGÓ A su casa agotado por la carrera, entró rápido dando un portazo, al tiempo que el golpe sacudió las paredes. Escombros y vidrios cayeron sobre él, cuando el berrido del elefante retumbó en sus oídos.

Aterrado, se levantó y vio que lo había seguido. Un nuevo golpe arrancó la puerta y, sin pensarlo, se arrastró al cuarto blindado y se refugió dentro.

Los golpes continuaron, atronadores. Imaginó que el elefante estaría furioso destruyendo todo y él se pasaría un buen rato ahí.

Suspiró tranquilo, sabía que nada ni nadie podría entrar en su refugio, se sentía seguro. Tenía agua potable, alimento para meses, y también electricidad, libros, y un pothus de compañía. Estaría bien.

Acarició las hojas de la planta:

—Mejor nos conocemos bien, ya que vamos a pasar juntos un buen rato.

Las horas pasaron aquel día, y la rutina de esperar lo aburrió tanto, que se durmió. Al despertar se desperezó tranquilo, y lo primero que le llamó la atención, fue el pothus.

—¿Cómo llegaste acá? —le preguntó extrañado al verlo al lado de la cama—. ¡Te había dejado del otro lado!

Pensó que tal vez lo había movido y no lo recordaba, así que lo volvió a llevar donde estaba.

¿Y ahora qué hacer? En la seguridad de su refugio prendió su computadora y se conectó a Internet. Entró en una biblioteca virtual y empezó a leer libros sobre elefantes. Así supo que el que estaba afuera nunca olvidaría lo que él le había hecho.

Después de media hora se levantó a buscar algo que tomar y tropezó con el pothus. Gateando se alejó asustado y lo miró ¿cómo había llegado allí?

Se quedó un buen rato mirándolo sin entender y se esforzó en recordar cuando lo había dejado ahí, pero estaba más que seguro de no haberlo hecho.

Tomó la planta y la llevó de nuevo a su lugar. Era de unos cincuenta centímetros de altura en una sencilla macetita de plástico rojo, nada del otro mundo.

Continuó con sus cosas y al rato olvidó el asunto. Cada tanto prestaba atención a los ruidos del exterior, y escuchaba más golpes.

"Seguro buscó ayuda", se dijo.

Puso música bajita pero suficiente como para acallar los ruidos de afuera, y continuó con su trabajo en la computadora.

Al rato, cansado, giró la cabeza para estirar los músculos del cuello y la vio: la planta estaba en la mitad de la habitación.

Fue a examinarla con cuidado. No tomó la maceta. Se agachó y miró la planta detenidamente, buscó algo diferente. Examinó el piso de la habitación, como si pudiera estar inclinado.

Sin entender qué pasaba, colocó la maceta en su lugar y la aseguró con unos libros. Luego fue a recostarse un poco. Se tapó pensando en lo seguro que estaba dentro de un refugio capaz de soportar una bomba atómica, y se durmió tranquilo.

A las dos horas se despertó y gritó asustado. Sobre la cama y a sus pies se encontraba el pothus.

—¿Cómo... cómo llegaste ahí? —miró a su alrededor, quizás alguien hubiera entrado. No, era imposible, esa habitación era uno de los sitios más seguros del mundo, nada ni nadie podría... pero...

Entonces vio al pothus sacar dos largas raíces de la maceta, sus hojas se inclinaron y formaron un enorme embudo.

Él se acercó agitado y curioso cuando el interior del embudo se llenó de afilados dientes y la planta le saltó engullendo ambas piernas de un solo golpe.

Gritó de dolor, dándose cuenta que nadie podría rescatarlo, su habitación era la más segura del mundo...

VIEJOS AMIGOS

—HOLA ¿CÓMO ESTÁS tanto tiempo? Sé que no hemos hablado mucho últimamente, aunque... sí... nos hemos saludado muy de vez en cuando...

Yo acá estoy, bien, dentro de todo comparando con otros, trato de hacer mi trabajo lo mejor que puedo, pero... últimamente se me ha hecho muy difícil. ¿Tenés un tiempito? Si querés, vamos a casa y nos tomamos unos mates, ¿dale?

Bueno ¿vos cómo andás? ¿Todo bien? Supongo que es muy complicado cuidar a tus hijos todo el tiempo ¡y son tantos! ¿Cómo hacés para cuidarlos a todos? ¡Vos tenés unos rebeldes bárbaros! ¡Ah! ¿En serio? ¿No queda casi ninguno bueno?

Me da pena tu comentario, pero supongo que debe ser cierto. Hace tiempo que veo a tus hijos ir y venir... y sí... tienen fama de hacer un poco de lío. ¡Bueno, no exageres! Sí, mucho lío! ¡EEEEEHHH! ¡PARÁ, CHE! ¿PARA TANTO? ¡JAJAJA!

Pero, bueno... no sé cómo ayudarte con tu dolor, creo que todos lo tenemos, grandes y largos dolores, a veces eternos ¿no? ¿Hay dolores para siempre? ¡Mejor no me contestes!

Mirá, yo he hablado con tus hijos, he intentado una y otra vez decirles las cosas ¡Una y mil veces! Y ellos apenas me escuchan, si es que no se pegan la media vuelta y se van directamente... pero bueno, no soy quien para dar consejos...

Claro... claro... yo también soy como ellos, no puedo tirar la primera piedra ni la última ¡no me hagas ese gesto de pegarme, che! No me digas que no cambié mucho porque vos más que nadie sabe que sí, que cambié ¿no?

¡Ay! ¡No me preguntes eso, por favor!... está bien... sí... algunos... digo... muchos de tus hijos ni se acuerdan de vos...

¡Ey! No te quedes tan callado, me incomoda el silencio entre nosotros... vos no sos de callarte nunca... me imagino que con todos tus hijos no debés tener nunca un momento de silencio ¿no?

Ahora... ¿ninguno bueno queda? Ah ¿ves? Y esos que se portan así ¿no son tu motivo de orgullo? ¡Ah, eso me gusta! ¡Una sonrisa!

No sé que decirte... sé que vos sos el único que puede echar a tus hijos, los que se portal mal... pero tendrás tus motivos para no hacerlo... si los querés tener en tu casa así...

Bueno... sí... entiendo eso... a pesar de que se porten así los debés amar mucho sólo por ser tus hijos... a mí me pasaría lo mismo... se ama con dolor ¿no?

¿Ya tenés que irte a trabajar? ¡Che! Si nadie ve tu trabajo, ¿eh? ¡JAJAJA! ¡NO ME PONGÁS ESA CARA! ¡Es un chistecito! ¡Jajaja! Yo sí veo tu trabajo. ¡Ufa con tus preguntas! Sí, sí, hay muchos que no lo ven...

¡No! ¡No! Tenés que fijarte en los que si ven tu trabajo y lo valoran, ¡en los que te valoran a vos! ¿No te parece?

Supongo que lograrás corregir a algunos de tus hijos y por eso les andás tanto detrás, espero que tengas suerte.

Bueno, yo también me tengo que ir a trabajar, sabés que cuando quieras charlar estoy acá para vos, si necesitas un par de oídos... venite nomás, ¿Okey?

Bueno, Dios, chau... nos vemos...

¡Yyyy... Corte!

Estaba sin trabajo desde hacía unos seis meses. Desesperado, iba de audición en audición esperando algún papel principal que lo sacara del pozo económico, pero nada...

—¡Agarrá cualquier papel! Te va a servir para que te conozcan y por ahí tenés suerte, alguien importante te ve y te ofrece el papel de tu vida —le decían sus amigos una y otra vez. Pero Edgardo estaba empecinado en querer ser una estrella y, ni loco, agarraría un papel de segunda en una película de mala muerte.

Fue el día en que llegó con los pies doloridos de tanto caminar, cuando se sentó agotado a leer su correo, que sólo eran cuentas para pagar... y un aviso de desalojo si no se ponía al día con el alquiler.

Se tiró en el sillón.

—Listo, mañana agarro lo que venga o pierdo todo...

Tomó la lista de siempre y leyó: *"Extras para una película de guerra"*. Llamó a su agente para pedirle consejo.

—Mirá —le respondió del otro lado del teléfono—, el director es un tipo nuevo, pero pienso que va a ser un éxito. Los efectos especiales de sus películas son tan reales que no han podido saber cómo los logra... ni deja ver a nadie cómo los hace, así que tiene toda un aura de misterio que va a llevar mucha gente al cine... te lo recomiendo...

"¡Listo!" —pensó—. "Mañana voy y espero tener suerte... porque si no pierdo todo..."

Se levantó temprano y fue a la audición. Había una cola larguísima, como nunca había visto en sus años de actor.

Cuando le tocó el turno sólo leyó unas pocas líneas, era muy claro que buscaban extras para hacer de víctimas, tuvo que ensayar caras de terror, gestos de protegerse, gritar, huir y demás.

Volvió a su casa, angustiado. No sabía si había hecho bien su papel, pero al pasar la puerta el teléfono sonó y atendió. Lo habían elegido muy rápido y debía comenzar en dos días. Mañana le enviaban el guión y la ropa. ¡Estaba feliz de que no iba a terminar en la calle! ¡Ah, mañana mismo le enviaban su primer cheque! ¡Increíble!

El guión era cortito y simple. Sólo le tocaba ser uno más del montón que entraba en una lucha encarnizada contra... ¿seres extraterrestres? ¿Seres de otra dimensión? Bueh... un trabajo es un trabajo... aunque él odiaba las películas fantásticas y de ciencia-ficción...

¿Y esto qué es? Abrió muy grande los ojos cuando leyó unas líneas que quizás harían historia: *"Improvise la lucha, defiéndase, ataque a discreción, trate de sobrevivir"*, no pudo evitar reírse. ¿Qué es esto?

Leyó una y otra vez la misma línea, miró la numeración de las hojas para ver si no se habían equivocado, miró el reverso de la hoja esperando encontrar algo que le aclarara el comentario, fue hasta el final del guión, nada.

—¡Bueh..! —se dijo, resignado—. Esto va a ser divertido —empezó a reírse de las ideas que le venían a la mente: *"tratando de sobrevivir"* ¿podré patear al director? —dijo, sonriendo. Cerró el guión y se dedicó a imaginar qué haría, cómo sería la parte improvisada.

El set era diferente a todos los que conocía. Un montón de extras caminaba hacia el centro trucado, como si fuera una ciudad en ruinas. Sobre el altísimo techo no estaba la acostumbrada estructura para la iluminación, sino un montón de planchas metalizadas.

A los costados y a ras del suelo vio un montón de artefactos parecidos a proyectores que apuntaban hacia arriba, pensó que sería exactamente eso, y que proyectarían el cielo, quizás naves o aviones, quizás misiles.

Le dieron su ubicación y sus armas. Unas armas realmente pesadas, que se veían reales.

—Quizás sean reales y con balas de salva, para que todo pareciera más verídico.

El olor de la ciudad en ruinas no parecía de utilería. Entre una mezcla de caucho quemado, escombros, a fuego y humo, sentía olores nauseabundos que le hicieron taparse la boca con la mano.

"¡Guau!" —pensó nuevamente—. "Sí que parece real esto".

—Hola —lo saludó un compañero al lado suyo—, me llamo Mario.

¡Yyyy... corte!

—Edgardo, un gusto.

—Parece real, ¿no?

—Sí... es increíble, las armas, la ropa, las ruinas, los olores ¿para qué olores?

—¡Ah! Sos nuevo.

—Sí, ¿vos ya trabajaste con éste director?

—Sí... —lo miró maliciosamente—, te va a encantar.

—¿Qué son esas cosas en el techo y al costado?

—Eso que ves al costado... —comenzó a responder Mario cuando por los altoparlantes una voz lo interrumpió.

—VAMOS A COMENZAR, TODOS EN SUS LUGARES, YA SABEN LO QUE TIENEN QUE HACER...

Sintió la ansiedad en el estómago y no pudo evitar sonreír, nervioso.

La luz roja de un semáforo se encendió en el techo. Era simplemente una proyección, miró al costado y vio que todos los proyectores estaban prendidos.

—¿Estuviste alguna vez en *Liagnaskia*? —le preguntó Mario.

—¿En dónde? —la luz se puso amarilla.

—¡Liagnaskia!

—No ¿adónde queda? —preguntó, pensando por qué le preguntaba eso en ese momento.

—Del otro lado de la Vía Láctea... te va a re-gustar.

Cuando iba a preguntarle de qué estaba hablando, la luz se puso verde y el sonido de un viento furioso le quitó las ganas.

Los proyectores se encendieron con una luz muy fuerte y vio que se movían alocados en todas direcciones.

Las paredes a los lados del estudio comenzaron a alejarse como si el recinto se estuviera agrandando, y un cielo nocturno estrellado pronto ocupó su lugar. Aquello era como si viajaran a través del espacio, miró buscando al director, pero no vio a nadie.

Aferró fuerte su arma y se dio cuenta de que estaba temblando, no entendía nada.

Miró a Mario, estaba rezando, miró a todos sus compañeros y vio que estaban serios: algunos rezaban, otros se cubrían la cabeza ¿adónde entraba todo esto en el guión?

—¿QUÉ ESTÁ PASANDO? —le preguntó a Mario, gritando.

—NO SUELTES TU ARMA, NO OLVIDES TU IMPROVISA-
CIÓN, ES LO MÁS IMPORTANTE ¡SOBREVIVIR!

—¿QUÉ? —volvió a interrogar más preocupado, cuando vio que
Mario se había encaramado sobre las ruinas, y le hacía un gesto de que
lo siguiera.

—¡YA LLEGAMOS! ¡YA VAN A VENIR CUANDO NOS VEAN
LLEGAR!

Subió a su lado y miró sobre las ruinas, hacia donde se veían las estrellas desplazándose sobre las paredes. Enfrente, una galaxia se acercó
a inmedible velocidad.

Quiso preguntar qué estaba pasando pero no dejaba de tartamudear.
Aquello era tan real que lo asustaba.

Entraron en la galaxia esquivando estrellas, planetas y asteroides, se
acercaron a un planeta de color verde y rojo, entraron en su atmósfera y
vio que, donde habían estado las paredes, había fuego, como si estuvieran cayendo en una enorme cápsula espacial.

De un golpe pegaron en medio de una ciudad en ruinas parecida a la
que estaban, pero no sintió el impacto ni la inercia y a continuación se
hizo un total silencio sólo cortado por su respirar agitado. Miró a su
alrededor y vio que todos estaban igual que él, comenzaron a moverse.

—¡AQUÍ VIENEN!

—¡ACCIÓN! —era la voz del director, que parecía venir de todas
partes.

Mario se arrojó de las ruinas y comenzó a correr entre los escombros, gritándole que lo siguiera.

Bajó arrastrándose, enganchándose, tropezando. Corrió detrás de
Mario que ya estaba encaramado a un muro semidestruido.

Trepó a su lado y observó.

Aquellas criaturas tenían seis patas cubiertas con una especie de ar-
madura negra, parecidas a cascarudos. Dos grandes tentáculos negros
se elevaban de su corto torso peludo y cubierto de instrumentos que no
supo reconocer. Un rostro alargado de murciélago con cuatro ojos
rojos gritaba en una especie de lenguaje que no entendía y todas llevaban unos cascos metálicos con luces y púas que se movían en todas
direcciones.

Al verlos se detuvieron. Entonces los apuntaron con sus tentáculos
y algunos instrumentos se desprendieron de su torso, rodaron sobre sus
tentáculos hasta la punta, y cuando llegaron se unieron, formando unas
enormes armas.

—¡IMPROVISÁ QUE CAMBIARON SU ATAQUEEEEE! —le gritó Mario.

Sintió un chisporroteo pasar sobre su hombro junto con los estallidos de las armas de sus compañeros. Las paredes volaban en miles de resacas, el suelo temblaba.

Comenzó a disparar y sintió que realmente estaba disparando. El griterío se mezclaba con las explosiones, vio a algunas de las criaturas estallar y un líquido negro brotó de ellos, salpicando.

Sus compañeros se movieron y los siguió, corrió detrás de todo el pelotón cuando unas cuchillas pasaron volando y cortaron a unos cuantos extras por la mitad. Vio sus vísceras, que saltaron por el aire. Uno cayó gritando cuando le mutilaron las piernas, sintió que se le revolvía el estómago.

Corrieron y dieron vuelta tras un edificio incendiado. Por lo que se acordaba, ya debían estar más allá de los límites del estudio.

Un muro estalló y vio una máquina enorme atravesarlo. Tenía una de esas horrendas criaturas metida en medio de un sinfín de palancas, protegida con una cúpula brillante y móvil como si fuera una verdadera burbuja de jabón. Se alzaba en tres patas de unos seis metros, cubiertas de púas, que comenzaron a patear y pisar a todo el grupo, como si estuviera aplastando hormigas.

Siguió corriendo, aterrorizado, y escuchó los alaridos de sus compañeros, que fueron aplastados por las patas. Pudo sentir sus huesos crujir. Vio a Mario, pasar al lado suyo, con los ojos colgando de sus cuencas vacías y la lengua afuera, temblando, convulsionado y totalmente cubierto de sangre. Había sido pateado y quedó prendido con decenas de enormes púas.

Disparó, disparó y disparó. Corrió y corrió y se cayó cuando un torso sin miembros ni cabeza le pegó en la cara. Volvió a pararse, patinando con los órganos internos de la víctima.

Se había rezagado y estaba solo. Corrió desesperado buscando al grupo, pero estaba perdido.

Miró hacia el cielo violeta y vio las figuras negras hexagonales sobre el cielo, que giraban agrandándose y achicándose con lentitud, como si latieran, al tiempo que una especie de brazos largos que salían velozmente con cada pulsación, y volvían a meterse. El movimiento de esos brazos hacía un sonido de violín desafinado, y unas luces los recorrían como fuego dentro de arterias.

Corrió al edificio que estaba más cerca y entró derribando la puerta, para darse cuenta de que no había edificio sino sólo un frente. Del otro lado vio al resto de los extras.

Estaban rodeados por las criaturas y disparaban hacia todos lados. Vio las cuchillas pasar volando, descuartizando a muchos. Otros estallaban en llamas y las enormes máquinas de tres patas acababan al resto pateándolo y pisándolo, hasta que no quedó ni uno solo.

Se quedó sin movimiento, horrorizado. Las criaturas ya lo habían localizado. Las cuchillas se dirigían hacia él y las máquinas se le acercaban con pasos largos.

Corrió a través de la puerta por la que había pasado, y ya daba la vuelta enfilando hacia la calle, cuando una cuchilla atravesó el muro y le seccionó el brazo.

Gritó pero no sintió dolor, vio la sangre saltar a chorros, bien lejos.

Se detuvo sin saber que hacer cuando el frente del edificio estalló, al ser atravesado por un feroz puntapié. Sintió cómo las púas se le metían por el ojo izquierdo, en la cabeza, el pecho, el abdomen y las piernas. Voló al otro lado de una pila de escombros y, al levantarse, se dio cuenta que tampoco sentía dolor... aún cuando la sangre saltaba por todas las heridas, entre el medio de sus costillas, que sobresalían de su pecho como si fuera el de un rojo cuerpo espín.

Las criaturas lo rodearon y los disparos incendiaron su cuerpo, pero no sintió ni el calor, ni el dolor, pero sí el olor a carne quemada. Gritó aún más fuerte pero sólo por el horror. No sentía nada.

Comenzó a manotear, mirando cómo su cuerpo iba adquiriendo movimientos más rígidos, y se consumía. Finalmente se cayó en la calle, como un árbol quemado.

Entonces escuchó la voz:

—¡Yyyy..! ¡CORTEN!

Se levantó, completamente entero y vio a sus compañeros venir charlando como si nada. Miró alrededor y observó cómo la galaxia se alejaba y las estrellas desplazándose.

Pronto apareció un planeta azul en el frente. Vio el fuego rodearlos al entrar a la atmósfera y a una ciudad acercándose. Reconoció el lugar donde estaban, justo antes de chocar.

El director bajó de su silla y los camarógrafos aplaudieron. Otros se acercaban a saludarlos... no entendía nada.

Salió caminando aturdido, Mario le puso un brazo en el hombro.

—¿Y? ¿Qué te pareció?

No pudo hablar, seguía impresionado, horrorizado, exhausto, vio los proyectores apagarse.

El director le salió al paso.

—¿Y? ¿Contamos con usted para el resto de la película?

Temblando un poco, con el cuello entumecido por la tensión, totalmente empapado en sudor y sangre, lo miró y no pudo hablar.

—¡Lo tomaré como un sí! ¿Le gustaría ser una de las próximas criaturas en la siguiente toma? Nos hace falta algunas más.

Seguía temblando y sin poder pronunciar palabra alguna.

—Lo tomaré como otro sí —el director estiró la mano y le tocó el hombro.

Sintió un cosquilleo recorrerle el cuerpo y se miró.

Sus piernas comenzaron a volverse negras y sintió que cuatro piernas más crecían a los costados de su cadera, quiso gritar pero otra vez no pudo.

Sus brazos comenzaron a moverse como si no tuviera huesos, y empezó a crecerle pelo en el pecho.

—Cuando hayas terminado tu mutación, andá con el resto de los aliens a la parte posterior de las ruinas, a la nave auxiliar. Ahí te van a explicar lo que tenés que hacer.

Intentó preguntar que estaba pasando, pero sólo le salieron unos extraños sonidos de su boca.

—Y no te olvides de actuar y a veces improvisar hasta que te diga: "¡Yyyy..! ¡CORTE!"

TILDADO

SE DESPERTÓ CON los murmullos, apenas abriendo los ojos. Se levantó y fue a ver: en la calle estaba todo el mundo mirando el cielo.

Fue al baño, se higienizó y ya más despierto se apuró a salir a ver qué pasaba. Una vez afuera se unió al grupo de curiosos y miró: el cielo estaba completamente azul, de un modo artificial, y no solamente del lado en que el planeta miraba al sol, sino para ambos lados.

Fueron días de desconcierto y terror, y como siempre... la locura del fin del mundo, los alienados pensando en extraterrestres y, en fin... un mundo loco que entraba en caos.

Una semana después aparecieron sobre el cielo unos signos extraños que poco a poco fueron tomando forma.

♎ ⚐ ✦ □ ○ ▤   ✦ ♎ ♏ □ ☒   ☒ ▤ ✦ □ ☾ ✦ □

Las actividades de la humanidad se detuvieron en la incógnita y la enfermedad. Había millones de personas que no podían dormir con aquel resplandor azul constante y maldecían los signos. Tan sólo unas horas después pudieron ver:

"C:\"

Aquella "C:\" recorrió el mundo en las primeras planas de los diarios, en los noticieros, de boca en boca, despertando la curiosidad y la imaginación de todas las naciones.

Expertos de todos los continentes se reunieron en una extensa jornada, tratando dar una explicación a aquel fantástico fenómeno. Muchas teorías diferentes no los llevaron a ningún lado, pero la esperanza vino de la propuesta de mandar una nave no tripulada a aquel signo.

Afiebrada fue la carrera para enviar un espía a aquella cosa aparecida en el cielo. No pasaron más que un par de días, cuando en el cielo apareció la siguiente leyenda:

"C:\ format creation" ¿Yes or Not?

—¡NOOOOOOOO! —fue el alarido desgarrador de toda la humanidad al comprender: la creación se había tildado y Dios trabajaba para arreglarlo. Los rezos se sucedieron por billones... las velas encendidas... el llanto en todas las fronteras... y millones de promesas...

"Yes"

Y la desesperación brutal... La certeza.

"C:\format creation .... 99%"

Y una pequeña esfera de fuego quedó suspendida en medio del vacío oscuro...

DOPPELGÄNGER

AQUEL DÍA ME había levantado muy tarde, agotado. No era la primera vez que me sentía sin ganas de ir a trabajar, pero el descuento a fin de mes me impulsaba a levantarme.

¡Cómo detesto trabajar de noche haciendo vigilancia! Siento que todo el mundo va en una dirección y yo en otra. Duermo cuando todos viven... vivo cuando todos duermen...

Aún no me acostumbro, y eso que ya llevo un par de años con esta rutina. Podría intentar cambiar de trabajo, pero... llego tan cansado que ni ganas me dan de salir a buscar otro...

¡Y del estudio, mejor ni hablar! Tengo que hacer el triple de esfuerzo que hacía antes para poder concentrarme, y ni siquiera me favorece estudiar a distancia, no aprovecho mis tiempos libres por el sueño que tengo. Me la paso durmiendo.

Se levantó somnoliento y, sintiendo el frío en la habitación sus pasos lo llevaron por inercia hacia el baño. Llegó casi sin ver, se lavó la cara y al mirar el espejo, lo vio.

Detrás de él se encontraba él mismo.

Volteó asustado. Nada.

Volvió a mirar en el espejo y pudo verse sin problemas. Suspiró y sonrió, moviendo la cabeza, imaginando que el sueño que tenía le había jugado una mala pasada.

Cuando caminó hacia la parada del ómnibus y llevaba recorridos unos cincuenta metros se dio cuenta que había equivocado el camino.

Rezongando, retomó su ruta habitual. Estaba tan cansado que no podía siquiera pensar por dónde iba, apenas podía levantar los pies del piso y su mirada se extendía solamente unos pocos metros. Las botas le pesaban y la ropa parecía de metal, de tanto que le pesaba.

Llegó a la parada, esperó un largo tiempo sin ningún pensamiento, como si estuviera vacío. Entonces se dio cuenta que llevaba mucho tiempo esperando el colectivo... que no venía. Miró los vehículos que pasaban cerca y entonces cayó en la cuenta: no se acordaba que colectivo tomar.

Tuvo que volver rápido a su casa para buscar en una libreta los apuntes que tenía de la dirección de su trabajo, cómo llegar, su horario de entrada y salida y... ¡ni hablar del tiempo que le llevó encontrar la libreta!

Ya estábamos acostumbrados a los despistes de Nicolás, pero nunca había llegado a tanto. Lo veíamos tan perdido que a veces no respondía cuando uno lo llamaba, y todos estábamos de acuerdo en que nunca había tenido una expresión tan vacía ni un rostro tan cansado.

Últimamente no podíamos contar con él, nunca estaba con ganas de nada. Entendíamos que su trabajo lo cansara al punto que no podía salir con nosotros, pero... a veces nos parecía que exageraba un poco.

Un día habíamos salido a cenar y después ver una película, no sólo se durmió durante toda la proyección, sino que casi no pidió nada para comer y apenas picó algo.

Sí, pero ¿te acordás? Cuando comía a veces se confundía de plato y comía del mío. Primero pensé que era un chiste, y después me di cuenta que apenas se daba cuenta de lo que estaba haciendo.

¡Ah! ¿Y cuando en vez de darle plata al mozo le dio sus documentos? Todos nos reímos y a él le llevó un tiempo darse cuenta de lo que había hecho.

No, no, no fue así, no se dio cuenta, se lo tuve que explicar y repetir varias veces. En ese momento me di cuenta de que algo malo le pasaba, a pesar de que nos causaba gracia, ese día dejó de causarme gracia y, la verdad, nunca pensé que pudiera hacer algo así...

Guardaron un momento de silencio, quizás rememorando, quizás guardando su dolor. Hubo alguna que otra lágrima furtiva, enjugada rápido con el dorso de la mano, y alguna que otra palmada de consuelo.

Llegué tarde a mi trabajo aquel día. Me miraron mal. Les dije que haría horas extra para recuperar el tiempo y mi jefe me dijo: "Por última vez, porque hace un tiempo siempre llegás tarde".

Me dirigí al camión que nos llevaba a cada destino y pensé en la multitud de horas aburridas que me esperaban. Las mismas aburridas horas que se acumulaban por delante y por detrás de mi presente, y eran tantas, pero tantas... que me aplastaban.

Cuando el camión empezó a rodar, sintió como si se hamacara en una cuna, y tuvo que luchar frenéticamente contra el sueño, tratando de no caerse de su asiento.

—No te hagas drama que te tenemos —le dijeron Eduardo y José, que lo habían tomado por los brazos, pero Nicolás no pudo agradecer... se había quedado dormido.

Llegaron a su destino y hubo que sacudirlo para despertarlo. Bajó como si estuviera comandado por un piloto automático y, sin entender lo que hacía, se dejó llevar por sus compañeros a su puesto.

—No puedo más de sueño... —susurró, medio moribundo, a quien lo llevaba.

—Sí... me di cuenta ¿Cuándo te vas a tomar vacaciones?

—¡Ufa! Falta un montón para eso, como seis meses, no sé por qué estoy tan cansado... y veo que ustedes andan re bien.

—Me llevó un tiempo acostumbrarme, pero no tanto como a vos. Bueno, llegamos ¿podés solo? Tratá de mantenerte despierto... tomá mucho café... no sé...

—Gracias, mientras que no me agarren, todo bien.

Entró a su cabina de vigilancia que, a pesar de ser espaciosa y con comodidades, le pareció pequeña e inhóspita. Miró las cámaras de vigilancia, acomodó su arma en la mesa, la revisó, y se dispuso a trabajar.

Se despertó sobresaltado por un estampido violento, no entendía ni siquiera adónde estaba y cuando abrió los ojos una cortina de humo lo confundió más aún.

Inmediatamente una alarma lo aturdió. Luces centellantes lo marearon, y volvió a saltar cuando la puerta se abrió y sus compañeros entraron alarmados, con las armas en las manos apuntando para todos lados.

—¿QUÉ PASÓ? ¿QUÉ PASÓ? ¿POR QUÉ DISPARASTE?

Miró a su alrededor, confundido. Vio su arma en el piso, aún humeante. Miró a sus compañeros, que enfundaron las suyas y lo miraron con reproche y algo de lástima, y se apartaron de inmediato cuando entró el supervisor seguido por otro grupo de guardias. Lo miró fijo, los ojos fríos, y le hizo un gesto para que lo siguiera.

Al dar un paso en el pasillo se detuvo, paralizado: ahí estaba delante de él y a un par de metros... como un fantasma traslúcido... la imagen de él mismo...

Ya le habían hecho ecografías, radiografías, electrocardiogramas y otros estudios, y aún no encontraban qué tenía.

Ahora estaba esperando el turno para el psiquiatra —la doctora Lazarte le inspiraba confianza—, aunque él pensaba que mucho no le servirían estas sesiones. La última vez le habían hecho un estudio de estrés, y ahora le darían el veredicto: ¿loco o no?

—Nicolás Cervantes... —llamó la recepcionista.

—Sí...

—Adelante, consultorio cinco.

Caminó hasta el consultorio, la puerta estaba entornada, la empujó y entró.

—Hola, adelante, siéntese por favor.

—Gracias —pasó y cerró la puerta.

—¿Cómo anda con la medicación? ¿Está más descansado?

—Sí, logré dormir un poco más... pero lo que me preocupa es la alucinación que le conté.

—¿La sigue viendo?

—Sí, y ahora más seguido ¿qué me está pasando, doctora?

—Mire, lo que usted ve, o cree ver se debe al estrés, nada más, es un caso muy, pero muy raro, en algunas personas sometidas a mucho estrés ocurre que ven un *Doppelgänger*.

—¿ Doppelgänger?

—Es una alucinación que aparece por lesiones cerebrales, epilepsia, o estrés. Descartemos las lesiones y la epilepsia. Por los estudios que le hemos hecho sabemos que tiene un nivel de estrés muy elevado. Con la medicación apropiada y muy buen descanso, volverá a la normalidad en poco tiempo.

—¡Ah! Bueno... no sé si deba quedarme más tranquilo... es que mi trabajo me tiene muy mal, desde que me cambiaron al turno noche he ido de mal en peor.

—Entiendo, después del período de licencia, lo recomendaré para un cambio de turno.

—¿Puede hacer eso? —preguntó esperanzado.

—En su caso sí, no tenga miedo de que vayan a despedirlo, sólo lo cambiarían de turno... bueno... quizás cobre un poco menos, no sé, eso ya debe tratarlo por otro lado.

—¡Ah! ¡Bueno! Es lo de menos, sinceramente, con tal de estar bien puedo cobrar un poco menos.

—Bien, tenga esta receta, debe tomar uno a la mañana y uno a la noche ¿sí? Lo veré la semana próxima a ver cómo va.

—Gracias doctora... hasta luego...

—Hasta luego, procure descansar.

Nunca imaginé que llegaría a eso cuando le di la medicación y después de haberlo evaluado tanto y tratarlo durante todo este tiempo, jamás pensé que llegaría a algo así. De por sí ya era muy rara su patología. Como su psiquiatra debería haber sabido que tomaría esa decisión.

Nos dimos cuenta de que algo pasaba cuando empezamos a verlo más seguido, es decir, pensamos que estaba de vacaciones, pero nada más, y no le dimos importancia. Pero... cuando desapareció completamente sin avisar a nadie, nos preocupamos.

Sí, el siempre me avisaba cuando se iba a ir de vacaciones o se ausentaba unos días, como para que le echara una ojeada a la casa, no sé, se preocupaba mucho, supongo que vería muchos robos o cosas así en su trabajo, así que me extrañó que se fuera sin avisarme, y por eso empecé a mirar más su casa, hasta que sospeché que algo pasaba.

Se había levantado tarde aquel sábado, y feliz de haber descansado por primera vez en mucho tiempo.

Dio vueltas en la cama y pensó en lo bien que se sentía aquel día, como no se sentía hacía mucho tiempo. Se sentó en la cama y entonces lo vio: en la sala estaba él mismo de pie.

Se levantó rápido, curioso de ver de cerca al Doppelgänger, pero al levantarse se había esfumado.

—¡Claro, si sólo existe en mi mente! ¡Qué loco estoy! –dijo.

Sonrió forzado y sacudió su cabeza. Se levantó, se higienizó, se preparó un mate "automático" y comenzó a recorrer su casa poniendo las cosas en orden, limpiando, arreglando.

Y mientras arreglaba sus cosas, el Doppelgänger apareció delante de él, vestido con sus mismas ropas. Sin embargo, esta vez apareció unos segundos más y pudo apreciar detalles de su rostro ¡era una copia exacta suya, pero traslúcida!

—¡Guau! —dijo, en voz baja—. ¡Es espeluznante!

Se quedó pensando un momento, pero más acostumbrado a verlo siguió sin darle importancia.

Como se había levantado muy tarde fue poco lo que hizo, vio a su "amigo" en un par de ocasiones más.

Cerca de las 11:45 se preparó para cocinar "Debe alimentarse bien" le habían ordenado sus médicos, así que pensó en un filete de merluza, con una ensalada de lechuga, puré, pan tostado, jugo de naranja exprimido, y de postre había comprado helado.

Con el cuchillo más grande empezó a cortar la lechuga después de lavarla. El cuchillo repiqueteaba en la tabla como tambor de circo, cuando por detrás de él apareció el Doppelgänger.

Volteó a mirar y ahí estaba, al lado suyo, con esa mirada de piedra, inmóvil como siempre, más cerca que nunca. Se quedó titubeando, sin saber qué hacer y, en un arranque, le tiró una puñalada al cuello, que pasó de lado a lado sin tocarlo, como cortando un espejismo.

Sintió ruido de agua cayendo, y antes de mirar de donde venía vio asustado que el Doppelgänger sonreía y ahora sus ojos lo miraban fijamente. Inmediatamente, la aparición levantó una mano señalando su cuello.

Nicolás se tocó, un frío nocturno se coló en su espalda: su mano había quedado roja. Bajó la vista y comprendió que el ruido escuchado era la sangre que caía de su cuello.

Encontraron su cuerpo a los cinco días.

La causa de muerte fue caratulada: "suicidio"...

El último descanso

LLEGO DONDE DIOS dispuso mis vacaciones, una de tantas después de tantos eones. Apoyo mi hoz sobre su filo y cierro el *paso de salto al mundo de los hombres* con una mirada... sentí como un rasguito, volteé y miré aquel sonido nuevo pero no vi nada extraño.

Me lleva un tiempo ajustarme a la oscuridad después de haber pasado a charlar por ese mundo de seres luminosos donde acordamos mi descanso fuera de la *cadena de tiempo* del universo. El sonido de las olas de sangre y el viento de alaridos colma mi espíritu de paz. Estaba en casa...

El lago se acerca reverenciándome y acaricia mis pies. Miro orgulloso su extensión hasta el horizonte y disfruto la vista de aquellos millones de billones de cuerpos vivos despellejados retorciéndose sobre él.

Al Sur, los bosques de huesos humanos enrojecidos se balancean suavemente, y los buitres cantan bellas alabanzas sobre el cielo rojo.

Suspiro, un milenio de descanso cada cinco eones no le viene mal a nadie. Mis manos arrugadas abren un hueco sobre mi vientre, y del cajón de plata implantado extraigo una tanza de destino y un anzuelo de tragedia, y me dispongo a pescar almas sobre la orilla del mundo.

La seguí, aguantando las nauseas por su presencia. Corrí tras el *vortex* y me lancé adentro justo cuando se cerraba la puerta dimensional, temiendo chocarla a ella y que me descubriera.

Mi ropa se rasgó cuando aquello se cerró, rodé buscando esconderme y me quedé quieto, esperando.

Cuando no vino a buscarme, supe que había logrado entrar en su mundo. Miré a mi alrededor y sentí descomponerme más: era un paisaje rojo, sangrante desde el cielo, la tierra y las montañas. Hasta el viento sangraba.

Allá, a mi derecha, había un bosque con árboles formados por huesos aún rojos por la carne pegada. El césped era de jirones de piel descompuesta.

Miré lo que me ocultaba: un arbusto de falanges humanas aún chorreando sangre.

Y entonces la vi: la guadaña estaba apoyada vertical sin que nada evitara que se cayera, justo donde el *vortex* se cerraba.

Miré apartando las falanges con repulsión. Ella había dejado el frasco rojo donde la vi guardar el alma de mi amada, mis entrañas se revolvieron de odio.

Tomó algo de su vientre y se alejó. Corrí agazapado y tomé la guadaña, volví hacia el frasco de almas, lo guardé en mi bolsillo sabiendo que con esto la resucitaría, y cuando me disponía a abrir el *vortex* de un corte... la vi.

Ella estaba sentada y distraída a la orilla del lago. Me acerqué sin que me viera, y entonces descubrí que no había agua en él, sino un sinfín de cuerpos vivos sin piel que se retorcían apilados, sangrando, gimiendo, llorando...

Estaba pescando. Sus arcaicas huesudas mandíbulas silbaban una canción fúnebre y balanceaba la cabeza al ritmo, meciendo su capucha negra, abstraída.

Nunca pensé en lo que hacía, simplemente de un guadañazo corté su cabeza, y su cuerpo se desplomó dentro del lago.

El mundo rojo dio un alarido. Vi a las horrendas aves negras cayendo. Los bosques de huesos se derrumbaban, el césped crepitaba y se desvanecía, el lago ahora perdía sus cuerpos al desaparecer.

Rasgué el *vortex* y salté a mi mundo. Corrí y solté el alma de mi amada sobre su cuerpo y, cuando abría los ojos, mi alegría naciente sintió que un sable de escalofrío me traspasaba... y lo supe.

Con ella muerta, ahora todos éramos inmortales...

Aquellos cuerpos en el mar, eran *sus* muertos, cosechados durante largo tiempo, durante todos los tiempos.

Ahora nada les impedía volver...

Los gritos en la calle me hicieron saberlo. Había estado escrito. Ahora sabía quién era yo...

SANGRE DE ORO

SE LEVANTÓ SINTIÉNDOSE muy mal. No era un malestar específico, es más, no sabía cómo definir lo que sentía. Quizás de todo un poco, pero lo suficiente como para no ir al trabajo.

Se quedó sentado en la cama con la mirada perdida en el suelo. Se volvió a recostar y desde donde pudo, estiró una mano para tomar el teléfono y avisar a su trabajo que ese día no iba.

Le resultó grato escuchar que del otro lado le respondía una voz sorprendida por su ausencia, ya que en el tiempo que llevaba ahí jamás había llegado tarde ni había faltado.

Miriam le dijo que inmediatamente le mandaría un médico, que no se preocupara. Colgó sonriendo un poco, pensando en cómo se pondrían todos en la oficina cuando él no fuera.

A pesar de su disgusto, accedió. Se sentía tan mal que no quería salir de su casa, pero terminó en el hospital...

Y, muy a su pesar, quedó internado. Le hicieron un análisis tras otro y se dio cuenta de que algo muy malo estaba pasando...

Le hicieron preguntas y más preguntas... muchas horas después y con todos corriendo para todos lados... ¡ya estaba harto!

—¡DOCTOR, DOCTORA! ¿QUÉ TENGO? –preguntó.

—Necesitamos hacerle más análisis... —era lo único que le decían.

Un par de días después, ya eran muchos los médicos y especialistas que lo habían visto. Más cansado, no podría estar...

—Señor Miguel —le dijo una doctora—, tengo malas noticias para darle...

Se sentó en la cama pensando lo peor ¿Cuántas horas le quedarían?

—Hemos encontrado una concentración altísima de oro en su sangre... usted debería estar muerto. Y... y... no tenemos explicación...

Ambos se quedaron en silencio. La doctora bajó los ojos y se puso a revolver los folios su historia clínica.

¿Oro en su sangre? ¿Cómo era posible? ¡Por eso insistían tanto, preguntándole por su trabajo, las sustancias químicas que usaba y demás!

No había absolutamente ninguna posibilidad de que tuviera algo parecido, excepto...

La doctora y las enfermeras le hablaban; Miguel ya no escuchaba, se quedó pensando, salvo... Salvo que no recordaba absolutamente nada de su vida más allá de unos meses atrás.

No le quedó otra que escapar, cambiar su vida, su trabajo... ¡lo estaban volviendo loco! Y no eran sólo los médicos y científicos que querían estudiarlo ¡nada peor que la horda de curiosos!

Se había acostumbrado al malestar al punto tal que prácticamente no lo sentía. Pero el pensamiento del *"cómo es posible que..."* lo perseguía todo el tiempo.

En su nuevo pueblo comenzó a investigar más profundamente sobre su pasado. Todo un misterio.

Así descubrió que Miguel no era su nombre, ni tampoco era su fecha de cumpleaños, ni su documentación, ni su partida de nacimiento ¡nada!

Un buen día se le ocurrió buscar a través de Internet. Probó varias combinaciones: *"contaminación con oro"*, *"oro en la sangre"*, hasta que finalmente *"sangre de oro"* le dio un nombre que le pareció muy conocido: *Demorious.*

¿Dónde había escuchado ese nombre? Por más que se esforzó no pudo recordar adónde lo había escuchado. Abrió la página y leyó ansioso.

Era el nombre de una persona, su foto estaba en Internet: un hombre canoso y encorvado, de mirada amable, barba recortada, sonrisa simpática.

Leyó su página lo más rápido que pudo y sólo encontró detalles de su vida: la familia que había tenido, sus estudios, sus trabajos. Sólo era la biografía de alguien aún con vida. Le llamaron la atención algunos escritos sobre sus creencias religiosas: *"todas las cosas tienen vida... desde el hombre, los animales, las plantas... hasta lo no creado..."*

"¿VIDA EN LO NO CREADO? Bueno! Siempre hay loco para todo" —pensó.

Se levantó de la silla y fue a prepararse unos mates. Le parecía un absurdo lo que había leído, pero reconocía que le llamaba la atención de tal modo que no podía entender. Volvió a la computadora y antes de cerrar la página y apagarla, buscó alguna dirección de Demorious.

Leyó sus datos y su pulso se disparó. ¡Conocía esa dirección! ¿Pero de dónde... cómo..?

Miró la foto de la casa ¡DIOS MÍO... CONOZCO ESA CASA!

Se quedó mirando la pantalla con todos sus sentidos perdidos, quizás... quizás ese tal Demorious podía saber algo de su pasado.

Miró el reloj mientras anotaba la dirección y apagaba la computadora. Ese sábado no estaba muy avanzado y el lugar no quedaba más que a una hora de viaje de donde él vivía, sería fácil llegar.

¿Debía llamar antes? Se acercó al teléfono pero no se animó, tenía miedo de escuchar algo atroz del otro lado y, si tenía que escucharlo, prefería que fuera personalmente. No lo pensó más. Dejó el mate como estaba, agarró las llaves del auto y salió apurado.

Aquella casa era más grande de lo habitual. Casi una mansión, rodeada de un enorme parque con flores de todas las especies y todos los colores.

"Sí que le gusta la vida" —pensó Miguel. Tan familiar le resultaba el lugar, que empujó el portón y entró sin llamar.

Los perros ladraron, furiosos y volteó a ver. Apenas lo miraron a los ojos, cambiaron sus ladridos rabiosos por aúllos y gemidos de alegría. Reconoció a los animales vagamente y los acarició como si fueran grandes amigos.

—Sabía que volverías —escuchó que decía una voz.

Se levantó y miró, sentía muy fuerte las pulsaciones en la sien, como si el corazón le estuviera por estallar.

Se acercó midiendo el camino, lo conocía. Le tomó la mano, tembloroso.

—Lo recuerdo...

—¿Sí? ¡Me alegro! Vení... pasá... vamos a tomar unos mates —le invitó Demorious y se encaminaron hacia adentro.

—Lo conozco, conozco a los perros, lo conozco a usted —dijo mirando a al anciano—. Pero todo me resulta muy vago, no... no puedo recordar los nombres de los perros... o mi pasado.

Demorious sonrió, comprensivo.

—Me imagino que estarás muy confuso, pero... ¡bueno! Debés tener muchas preguntas, y creo que todas tendrán respuesta si empiezo a contarte tu historia. Sentate acá mientras traigo el mate.

Esperó en un confortable sillón, con las manos apoyadas en la mesita. Respiró profundo, olisqueando el aroma de la tarde y miró a su alrededor. El parque era grande, lleno de árboles, plantas y flores de todo tipo. Pájaros de todas las especies vagabundeaban de un lado a otro, y escuchó sus cantos con regocijo.

—Bueno... a ver —dijo Demorious. Acomodó las cosas en la mesa, sonrió, se sentó y lo miró un largo instante—. A ver cómo te explico... —Le cebó un mate y se hamacó en la silla, masticando las palabras—. ¿Sabés qué es un *alquimista*?

—Sí.

—Bueno... a pesar de que mucha gente no cree en ellos, existen. Yo soy uno de tantos que no deja de buscar *La Piedra Filosofal*, esa que convierte en oro todo lo que toca...

—Pero... eso no es posible ¿no?

—Esperá, tené paciencia —tomó el mate y se cebó uno—. Durante muchos años busqué, como tantos otros, pero encontré algo diferente... —lo miró con detenimiento a los ojos y le dijo, con algo de ceremonioso en su discurso—: encontré vida en todo lo creado.

—¿Vida? ¿Cómo que encontró vida?

—Es difícil explicar. No encontré la piedra tan buscada, pero lo que encontré... —hizo una larga pausa— ¿Por qué viniste? ¿Cómo me encontraste? —se interrumpió.

—Pues... empecé a sentirme mal. Fui al hospital y me encontraron algo muy raro en la sangre. Me preguntaron adónde había vivido, qué había hecho y un montón de cosas de mi pasado que no recuerdo y parece que me causaron lo que tengo y... vengo a buscar respuestas...

—¿Qué tenés?

—Pues... aparte de no recordar mi pasado... tengo oro en la sangre.

Demorious se puso muy serio, quedó mirando el piso, suspiró.

—Pues... decía... decía que encontré algo especial... si Dios está en todas las cosas y Él está vivo... entonces podría despertar la parte de la vida de Dios en todas las cosas.

—¿Eh? ¿Acaso es alguna broma? ¿De qué me está hablando?

—¡No, no, no! ¡No estoy bromeando! Encontré la forma de despertar vida en todas las cosas, aunque sean inanimadas ¡bah! Inanimadas para el concepto que tenemos de vida, por supuesto.

—No entiendo...

—A ver, te lo hago fácil ¿querés ver el lugar donde naciste? Creo que eso contestará todas tus preguntas.

Miguel dudó, no le gustaba mucho todo lo que Demorious decía, hubiera preferido palabras más simples.

—Supongo que si quiero respuestas... no debo medir las preguntas.

—Tomo eso como un sí... ¡vamos!

Caminaron hasta el fondo del parque, había una pequeña casita. Demorious abrió la puerta que tenía un candado con código, y entraron. Estaba oscuro y se veía en penumbras a un montón de objetos desparramados por todos lados.

—Es por acá —dijo Demorious—. Levantó una rampa y bajo al sótano. Miguel murmuró... aquello ya tenía demasiadas vueltas y no le gustaba ¿y si ese anciano estaba loco? Se quedó en la puerta malhumorado, pero finalmente tomó coraje y bajó.

Estaba bastante iluminado y se podía ver una considerable cantidad de elementos de todo tipo que Miguel no reconocía. Supo que era un laboratorio por todos los frascos, tubos, libros e instrumentos.

Demorious lo esperaba al lado de una plataforma sobre la que apoyaba algo parecido a una jaula llena de alambres, cables, lámparas, y tubos llenos de un líquido dorado.

—Acá es...

—¿Acá es qué? —dijo Miguel, que miró el lugar sin entender.

—Acá es el lugar donde naciste.

—¿Qué?

—A ver... acá naciste hace mucho tiempo, antes de que decidieras irte a ver el mundo.

—No entiendo ¿qué es esto?

—Lo llamo *Alquimia de Vida*, y es el lugar donde despierto esa parte de vida de Dios en todas las cosas... —se quedó mirándolo de un modo tan especial que, a pesar de sonreírle, le hizo sentir escalofríos.

—¿Qué es eso? —por los tubos se deslizaba el líquido dorado.

—Pues... *sangre de oro*... la esencia de tu vida...

—La esencia de... ¿de mi vida? ¿De qué está hablando?

Demorious le hizo un gesto para que esperara y fue a revolver en la mesa, entre los papeles. Miguel acarició la jaula y miró detenidamente sus componentes. Sintió un nuevo escalofrío y algo... algo recordó.

—No te acerques mucho a la Alquimia de Vida ¿sí? Enseguida te muestro algo.

No respondió, pero mientras sus manos la reconocían, entró a la jaula. Una sucesión de imágenes le saltaron a la memoria, casi golpeándole los ojos. Recordó haber estado ahí. El ruido... ¿De qué era el ruido?

Miró a Demorious, que buscaba algo frenéticamente. Recordó más: destellos dorados, ruidos, chirridos de hierro retorciéndose, el brillo, el resplandor dorado... eran como reflejos.

Acarició la jaula. Su memoria se activó... sintió miedo. Algo estaba recordando. Ahora era un torbellino de ideas, *Alquimia de Vida... la esencia de su vida... sangre de oro...* su sangre...

El ruido de metales era cada vez más real, el golpeteo de su corazón lo ensordecía, Demorious volvió corriendo y lo miró horrorizado, gritándole algo que no podía entender. Respiró profundo para calmarse, pero el ruido metálico seguía ahí. El ruido... el reflejo.

Recordó unas manos doradas que perdían brillo ¿Dónde había visto eso? El ruido era cada vez más fuerte... Miró a Demorious que se agarraba la cabeza. *"No te acerques mucho ala Alquimia de Vida ¿sí?"*, su consejo volvía como un eco... se concentró en escucharlo...

—¡Te dije que no entraras! ¡ Estás volviendo a tu fuente, a la esencia de tu creación, a tu origen! ¡NO DEBÍAS ENTRAR!

El ruido metálico acompañaba sus movimientos. Empezó a ver reflejos a su alrededor, y entonces... entonces se dio cuenta.

Sus manos eran totalmente doradas y sus antebrazos iban cambiando el color de la piel por un dorado brillante.

—¿Qué... qué pasa? —dijo, cada vez más asustado.

Miró su cuerpo, el dorado esplendente subía desde sus pies, trocando su ropa por un frío sol ascendente.

Cada vez que se movía, el ruido de metales retorciéndose era mayor. Se alarmó más al comprobar que era él quien hacía ese ruido.

—Miguel... —le dijo Demorious con lágrimas en los ojos— lo siento, no me diste tiempo, quería que lo supieras todo... que no pasara esto...

La habitación comenzó a oscurecerse. Intentó decir algo, pero no pudo. Cada movimiento le costaba un esfuerzo inmenso, se sentía pesado, frío, duro...

—Yo te di vida... Miguel... vos... vos... —Demorious sollozaba— eras mi hijo, mi creación... mi primera estatua viviente.

Y le respondió el frío silencio dorado de la escultura.

VENAS DE ACERO

ROBIN ENTRÓ AL bar y se sentó. Lo atendieron de mala gana, casi con asco. Se acomodó los harapos que lo vestían y disimulado observó alrededor: las idas y venidas del personal, el movimiento en la caja.

Estaba desesperado. Los últimos billetes que tenía sólo le alcanzaban para pagar el café que pidió. Por un momento recordó su vida como mecánico y los buenos tiempos cuando no tenía que preocuparse por el trabajo.

Le sudaban las manos, respiraba agitado y sentía todas las miradas sobre él. Cada minuto le parecía una hora, mientras esperaba que hubiera menos gente. Cuando ya no había nadie y temblaba tomando coraje para ir a asaltarlos... llegaron, con pasos pesados.

Eran dos hombres altos y muy fornidos, vestidos con ropa de cuero y tachas. Tenían manos deformes e inmensas, barbas tupidas, la piel blanca y fantasmal. Cruzaron con él una mirada muerta.

—¿Y entonces, de cuánto disponemos? —susurró el más alto.

—Tengo entendido que un par de días.

—¿Lo arreglaremos? ¿Qué dijeron? Esto no nos pasó nunca.

—No, nunca. Pero bueno... mientras no peligre la carga...

—Sí, claro... es que nunca necesitamos custodia del tesoro, así que es un problema, espero que no pase nada, no hay quien vigile y no estamos preparados para eso.

Robin se quedó expectante. Los hombres continuaron hablando y supo donde estaban, cuántos eran... Decidió que su única salvación consistía en apoderarse de ese tesoro.

Había seguido a los hombres caminando. Salieron del pueblo y cruzaron el bosque hasta la falda de *la montaña Oscura*, del lado Norte. Caminaron durante horas, con Robin siguiéndolos, por momentos arrepentido, en otros muy ansioso.

Siguieron rodeando la montaña, cuando escuchó ruidos y voces. Se ocultó detrás de unos arbustos y siguió avanzando, corriendo de un lugar a otro, y entonces lo vio:

El gigantesco tren negro tenía una altura de seis metros y cuarenta metros de largo, con uniones doradas y remaches brillantes como estrellas. Rodaba sobre tres pares de enormes ruedas de oro. Tenía tres niveles de andamios a los costados de la gigantesca caldera, y de la chimenea brotaba una enorme columna de humo rojo. Doce vagones lo seguían. Todos de dimensiones similares a la locomotora, todos negros, y en los que parpadeaban muchas ventanas con luces multicolores.

Se dirigieron a un grupo igual que ellos, que golpeaban enormes mazas en un yunque, tratando de enderezar un enorme hierro al rojo vivo. Por los andamios iban y venían hombres totalmente cubiertos con túnicas negras, portando largas guadañas.

"Armas" —pensó Robin, contando cuántos de ellos vigilaban. Buscó otro tipo de armas, pero no vio nada.

Se movió entre los arbustos y vio las vías: dos rectas plateadas, brillantes, perfectamente pulidas.

¿Y eso? Nunca había tendido de vías por ahí. Notó, con sorpresa, que se perdían en la oscuridad. Y los vagones no estaban vigilados...

"Estoy tiene que ser fácil" —pensaba, mientras corría para meterse debajo de uno de los vagones. Trepó por las ruedas hasta el primer andamio y se quedó acostado. Todos estaban atentos tratando de reparar la máquina y nadie advirtió su presencia.

Se levantó y miró adentro: había miles de frascos llenos de líquido y esferas doradas, unidos por tubos por donde corrían líquidos de distintas tonalidades, que brillaban como si latieran. Comenzó a correr por el andamiaje, mirando por las ventanas, buscando cuál sería el tesoro: quizás monedas de oro, joyas...

Cuando llegó al andarivel más alto y no encontró nada, se dio cuenta de lo mucho que le esperaba por recorrer y lo cansado que estaba. Se asomó y vio que todos seguían trabajando en la locomotora. Animado, continuó.

Pasó por un pequeño puente colgante entre los vagones y empezó la búsqueda frenética en el otro. Recorrió tres vagones, subiendo y bajando escaleras, saltando, trepando ventanas, vigilando. Se dejó caer, exhausto en lo más alto del tercer vagón. No podía dar un paso más...

—¿Adónde estás... adónde estás... maldito tesoro?

Entonces se sobresaltó: un pequeño movimiento del suelo lo alarmó. Tuvo que trepar por el techo y deslizarse por un tubo hasta el andamio por el que había subido, pero no vio a nadie trabajando abajo.

Un escalofrío lo recorrió cuando el silbato del tren y los bufidos de la máquina le crisparon los nervios. El tren arrancaba.

Se puso de pie y, agarrándose de los barrotes de los balcones de hierro, empezó a correr arrastrando los pies cansados, tratando de bajar... pero no pudo.

Fue tan veloz el arranque que tuvo que aferrarse de unas cadenas y quedó suspendido en el aire gritando, aterrado. El tren había partido a velocidad pasmosa y casi instantánea.

Miraba cómo los paisajes pasaban velozmente, y entró como pudo en el interior del vagón, cerrando la ventana tras él.

"¡Ay, Dios! ¿Y ahora cómo salgo de esta?" —se revolvía los cabellos desesperado, pensaba que si lo agarraban ahí lo podrían tirar del tren ¡lo matarían!

Adentro, los vagones de quince metros de ancho albergaban miles de frascos, quizás millones. Por todas partes había mesas llenas de herramientas, de libros, de planos con extrañas inscripciones.

¡Un freno! ¡Eso es! Debía haber frenos de emergencia en algún lado.

Comenzó a correr por los pasillos buscándolo. Cuando llegó al nivel inferior, encontró una enorme puerta de madera negra con extraños tallados.

Del otro lado había varios pisos de herramientas, como si aquello fuera una gigantesca ferretería. Cruzó un poco saltando sobre algunos artilugios desconocidos, trastabillando cuando el tren se sacudía.

Entonces se detuvo, le había parecido oír voces.

—¡No, no, noooo! —gimió, escapando, tratando de ocultarse.

La puerta se abrió, y varios enormes hombres pasaron, acompañados de aquellos monjes vestidos de negro.

Metido en un armario alcanzó a ver pasar a uno de los que tenían túnica... y le vio el rostro.

Era la Muerte.

Temblando, esperó un par de eternidades antes de salir. Se aseguró escuchando como podía por sobre la multitud de ruidos de las cosas tembleques por el traqueteo, y salió despacio. Otra vez estaba solo.

Descompuesto, entendió que aquel tren era de otro mundo y lo conducía la Muerte. Pensó que quizás era a través de aquel que se llevaba las almas a otro mundo, quizás al cielo... quizás al infierno.

Debía bajar como pudiera. Corrió, buscando una ventana y trepó por unos muebles para mirar afuera: el paisaje pasaba a velocidad de vértigo.

"¿Qué es eso?" —se preguntó.

El tren había subido por un gigantesco puente, y pudo ver cómo desde abajo salían pequeños vagones, desviándose hacia el abismo, y apenas estaban en el aire, aparecían vías y puentes que lo volvían a tomar y lo encarrilaban.

Miró más allá y entonces notó que había miles de líneas ferroviarias que se cruzaban unas con otras y se unían a la que llevaba este tren. Había locomotoras de todo tipo de tamaño, y vagones que se movían solos.

De pronto pudo ver cómo el tren tomaba una curva muy abierta y marcada y se encaminaba a la montaña, y cómo desde el suelo se levantaban troncos que se unían formando un altísimo puente, y las vías caían desde el cielo y se unían sobre él.

Al final del camino se abría un enorme túnel.

—¡NO, NO, NOOOOO! ¡ES EL INFIERNO!— gritó.

Cayó de la ventana, se levantó, tropezó, cayó, corrió buscando por donde salir, tiró cosas, rompió muchas otras.

Se golpeó muy fuerte la cabeza, y entonces la vio: era una enorme mesa de mármol negro sobre la que descansaba una guadaña dorada de unos tres metros de altura, con una afiladísima hoja de un metro de largo. La mesa estaba totalmente tallada con dibujos y signos extraños, de los que chorreaban pequeños hilos de sangre.

—Ese debe ser el tesoro... debe ser de oro ¡lo encontré!

Sin dudarlo, tomó la guadaña. No era tan pesada como debería ser el oro, pero en el apuro no se puso a analizarla. Lo único que quería era bajarse.

Corría por los andamios exteriores buscando por dónde salir, pero a la velocidad que llevaba sólo iba a conseguir matarse.

Buscaba el freno del lado de afuera, ya que después de recorrer todos los vagones por dentro, no lo había encontrado. Había accionado palancas, tocado botones, pero nada.

Estaba exhausto. El túnel terminó y se cerró tras ellos, no entendía nada. Veía los pequeños trenes saliendo de debajo de los vagones, y cómo aparecían nuevos puentes y nuevos caminos, que se esfumaban cuando los trenes pasaban.

—¡EH! ¿QUÉ HACE USTED AHÍ? —escuchó el aterrador grito de un hombre que corría hacia él, sacando un enorme cuerno de su espalda, lo sopló a la carrera, y le erizó la piel un rugido atronador.

De todas partes salieron más hombres que intentaban atraparlo. Trepó escaleras, saltó ventanas, y vio a la Muerte tras él... y a muchas otras como ella.

Comenzó a luchar, esgrimiendo la guadaña. Descubrió que su guadaña partía fácilmente las de las Muertes, que los cadenazos de aquellos hombres se desintegraban, que a cada golpe parecía hacerse más liviana.

Corrió por los pasillos internos luchando, entró en una ruidosa habitación y abatido se encontró acorralado: lo rodeaban paredes de hierro. De un lado un enrejado de fuego, y del otro, sin pared, se veía una de las enormes ruedas de la locomotora girando furiosa.

—Danos la guadaña... —le dijo una de las Muertes.

Supo que era su fin, miró hacia la rueda, retrocedió, sin saber que hacer.

—Es lo único que queremos —le dijo firmemente otra Muerte—. Después podrás irte.

—No les creo.

—Debes creerles —le dijo un hombre.

No podía dar más pasos hacia atrás o caería bajo la rueda, pero también moriría si se entregaba a la Muerte. Entonces se le ocurrió.

—Si se acercan... —y movió la guadaña dorada hacia la rueda— la dejo caer en los rayos metálicos de la rueda.

—¡NOO, NOOO! —gritaron a coro los hombres y las Muertes—. ¡NO LO HAGAS! ¡TE DEJAREMOS IR!

Entonces todos hicieron silencio, y acto seguido entró una Muerte con túnica blanca. Tenía unos dos metros y medio de altura, llevaba una hoz plateada y refulgente, y su esqueleto era negro y pulido. No supo por qué, pero aquella imagen lo aterró más aún.

—Debes creernos —le dijo con voz venerable—. Te dejaremos ir.

Pero ante el alarido de todos los presentes, arrojó la hoz dorada entre los rayos de la rueda.

Fue un pequeño momento interminable. La rueda se trabó y el chirrido le lastimó los oídos, junto con el ruido de hierros retorciéndose, el grito de todos los presentes, y el temblor que amenazaba con arrojarlos a todos hacia fuera.

Se agarró de donde pudo y cerró los ojos. Sintió las chispas cayendo sobre su rostro y sus manos, quemándole.

El tren se detuvo muy rápido. Cuando el sacudón del suelo disminuyó, se levantó y se dispuso a saltar, pero fue tarde.

La Muerte blanca lo había tomado del cuello y arrojado al piso, justo en el momento en que la rueda se desprendía, y se cruzaba por debajo de la locomotora rompiendo otras dos ruedas más.

El tren saltó de las vías, golpeó a todos los presentes contra el techo y las paredes y se detuvo de un golpe clavándose en el suelo. Él estaba tan aturdido que no entendía nada.

Cuando todo se detuvo aquella muerte aún lo tenía agarrado, y colocó la hoja de la hoz en su garganta.

—No sabes lo que hiciste... —le susurró.

El tren estaba descarrilado, los vagones volcados y por los alrededores había miles de pequeños trenes y vagones desperdigados por todas partes. El bosque en llamas, los puentes caídos, las vías retorciéndose como si se marchitaran.

Los hombres se agarraban la cabeza llorando, otros se abrazaban. Las Muertes hacían otro tanto; él sólo pensaba como escaparse.

La Muerte blanca se acercó.

—Déjenlo —le dijo a los hombres que lo sostenían—. No entiende quiénes somos.

—Sí entiendo... Sos la muerte ¿Quién si no?

—Ustedes me llaman así... porque no comprenden...

—¡SÓLO TE LLEVAS A LA GENTE! ¿QUÉ MÁS HAY QUE ENTENDER?

—Para ustedes, la muerte es un final, pero no es así, sólo pasan de una vida a otra, existiendo de muchas maneras diferentes durante muchos tiempos, en muchos mundos, en distintos universos... ustedes creen que esta vida es la única forma de existir, pero tu alma pasa de un mundo a otro...

—¿Reencarnación? —preguntó Robin.

— Algo así... y nosotros somos la sangre de la continuidad de la vida, llevándola de un lado a otro de la existencia...

—¿Qué quieres decirme?

—El tesoro que llevamos es vida... Dios nos encargó llevar sus entidades de una parte a otra del Universo y del tiempo para que existan como seres vivientes. Cuando nos llevamos una vida, la hacemos nacer en otra. Pero ahora no hay quien lleve las almas ni quien las haga nacer.

Robin cayó de rodillas.

—Me siento mal...

—Deberías, es justo... destruiste la vida en la Tierra.

Robin se recostó una vez más, mirando el desierto. *Con el último tren se va la vida...* recordó las palabras de su última amiga de blanco.

Se quedó viviendo cerca de aquel accidente, y compartió su tiempo final con aquellos hombres y aquellas muertes.

El bosque, como toda vida en el planeta, se había desvanecido con el paso del tiempo. Nada había vuelto a nacer. Cerró los ojos: "Si ya no hay tren ¿Quién me llevará ahora al otro mundo?"

Miró los restos del bosque, de sus últimos compañeros y el inmenso y majestuoso tren negro, aún poderoso.

Y suspiró...

Con el último tren... se va la vida.

ESTOCADA

EL ALIENTO FURIOSO se mezclaba con el eco del suspiro del sable, perdiéndose en el amanecer.

Por momentos, el brillo de la hoja lanzaba chispazos de luz hacia el horizonte, bañando de un aura mística la práctica.

Desde lejos lo observaban sus soldados, expectantes. Estudiaban cada uno de sus movimientos con el aliento contenido, los ojos bien abiertos, rogando no parpadear y la mente alerta.

San Martín practicaba y en cada gesto, cada bloqueo, cada corte y cada estocada, ponía toda la furia de un huracán, la velocidad de un leopardo, la potencia de un león.

A lo lejos se tejían leyendas. Los soldados no sólo lo veían practicar, intuían que él estaba en algo mucho más allá, que cada golpe atravesaba distancias, espíritus, universos...

Que cada golpe atravesaba el tiempo... el infinito.

No hacía falta que le dijera nada más.

Sus golpes eran perfectos y resultó ser un gran alumno: dedicado, perseverante, apasionado de la esgrima.

—¡Muy bien! —le dije sonriendo más de una vez. Era impresionante ver la velocidad con la que movía el sable y la seguridad que mostraba manejando la afiladísima hoja de la katana, que destellaba sedienta en cada movimiento, pasando cerca de su cuerpo y de su rostro, al tiempo que realizaba las más complejas destrezas y acrobacias. Un solo error milimétrico, podía llegar a ser fatal.

En ese momento el viento sopló su era glacial sobre los corazones: San Martín se detuvo y empuñó el sable como sólo él sabía hacerlo...

CUANDO LOS SUEÑOS CUENTAN

Los soldados y otros generales detuvieron sus pasos, sus corazones, su respiración. Sabían que haría esa estocada única con la cual destrozaba enemigos. Esa, la que habían visto hacer muy pocas veces en batalla. Mortal. Esa estocada de la cual San Martín jamás hablaba, rodeándola de misterio. Una técnica única que nadie pudo copiar nunca.

—Muy bien, Arturo —le dije con ánimo—. ¡Espectacular!

Y entonces, una vez más, lo vi mover el sable con esa pequeña e insignificante falla.

—¡Esperá! ¡PARÁ!

—¿Otra vez lo hice mal?

No sabía bien cómo explicarle el defecto casi imperceptible, que sólo un maestro de la esgrima podría ver y sacarle un provecho letal.

—A ver... es ese momento de siempre, más que una cuestión técnica es... de espíritu. ¿Entendés?

Negó otra vez.

—Tenés que usar tu imaginación... sentir que el enemigo está ahí, poner todo tu espíritu en esa secuencia de movimientos. Vos sólo hacés los gestos repitiendo algo mecánico, pero te falta pensar que realmente el enemigo está ahí, al punto de sentir su sable chocando con el tuyo. Tenés que sentir su fuerza, su furia y bloquear, asegurando tu vida.

Recuerdo que asintió no muy convencido.

Comenzó otra vez la secuencia preparatoria del combate imaginario. Noté que se movía cerca de esa legendaria piedra en cruz, donde una vez el Santo de la Espada comenzó su leyenda. Pensé que podría tropezar y lastimarse, pero no dije nada. Él sólo debía intuirla y evitarla sin ayuda de nadie.

Entonces dio el paso y lanzó la estocada sobre aquella piedra.

La leyenda cuenta que la montaña entera tembló.

Y cuenta que fugaz, confusa. Una imagen apareció delante del General San Martín, empuñando una espada... intentando matarlo.

Que una fina línea roja quedó momentáneamente suspendida en el aire.

San Martín se quedó mirando la hoja, extrañado de ver unas gotas de sangre deslizándose por el acero bruñido, cayendo una tras otra sobre la piedra en cruz.

ESTOCADA

Y allí se fortaleció la leyenda... *El Santo de la Espada.* Que cada vez que esgrimía el sable era capaz de matar demonios, espíritus y a través del espacio y tal vez saltando el tiempo...

No sé qué pasó.

Hoy escribo las últimas líneas en mi diario para decir una vez más... que soy inocente.

Nadie me creyó en aquel entonces: Arturo movió la katana de un modo que nunca lo vi hacerlo antes, y percibí el sonido del bloqueo, como si realmente fuera golpeado por otro sable.

Entonces sentí el corte en el aire. Tan sólo un silbido y delante de mis ojos... su garganta se abrió.

Nadie creyó que pude ver las gotas de sangre suspendidas en el aire un par de segundos, como si cayeran de un sable invisible.

Me acusaron de matar a Arturo, buscaron mi sable, el arma homicida, y nunca lo encontraron.

Son mis últimas líneas después de mi condena a cadena perpetua.

Tan sólo espero poder vengar a Arturo en mi próximo mundo...

EL ESCRITOR

TODOS LO VEÍAN con ojos de admiración, acompañados con sueños de grandeza... y de signos de monedas de todo tipo que él traería.

Era increíble su forma de escribir. Sacaba ideas de lugares y situaciones en las cuales nadie veía una historia.

Cuando las personas se ponían a contar sus cosas, él siempre tenía algo que apuntar.

—¿Vieron que cuando contamos cosas, Diego siempre tiene una historia por el estilo?

Y reían. Algunos con malicia, otros con envidia y también estaban los que sólo compartían las ocurrencias del niño...

Diego era consciente de eso, de su facilidad para ver historias, para sacarles el jugo: un aprendizaje, una risa, o para pasar el tiempo.

En muchas ocasiones su imaginación le jugaba en contra: cuando más necesitaba que su mente estuviera en el momento presente, él se enganchaba por sus viajes y por los intrincados sucesos imaginarios.

Y es que vivía en mundos que nadie conocía y describía con lujo de detalles. Contaba historias con tanta pasión, que si no fuera porque en sus relatos aparecían dragones, gigantes, y otros seres imaginarios, uno hubiera pensado que eran ciertas.

A sus dieciséis años muchos se sentaban a escucharlo, y muchos pensaban en su futuro de grandeza: *escritor.*

—¡Un fracasado! ¡Quedó medio loco de tanto inventar historias! —decía la gente al verlo.

Vivía escribiendo, como siempre, vivía contando cuentos. Cobraba muy poco dinero por visitar a quien quisiera escucharlo contar sus historias, y muchos pensaban que el genio que tenía no le había servido de nada: jamás había publicado un libro... siempre era escribir, escribir y escribir...

—¡DIEGOO! ¡DIEGOO! —lo aclamaban los niños cuando lo veían en el barrio. La mayoría de los adultos apartaba a sus niños de él, porque no querían que terminaran siendo igual de fracasados.

Llegó a ser el hazmerreír del barrio. A sus sesenta años terminó sólo escuchado por niños y algunos adolescentes y, aunque no lo confesaran, muchos adultos extrañaban sentarse al pie de la ronda de mates para escuchar los cuentos de Diego.

Su casa era pobre, pero plagada de libros y adornos referentes a cuentos y fantasías. El jardín lleno de duendes de cerámica era la bienvenida principal.

La gente pasaba y admiraban el frente infantil: la puerta estaba coronada por un arco iris, el jardín lleno de margaritas, arbolitos enanos con ardillitas de piedra y flores de cerámica repartidas al azar, y un molinito que al girar, bombeaba agua a una fuentecita que no era otra que un pequeño castillo de cuentos de hadas.

En el interior de su casa, las mesas representaban honguitos, las sillas estaban talladas en pedazos de troncos y adornadas con mariposas y mariquitas de plástico. Sobre la biblioteca tenía muñecos de dragones, príncipes y princesas, maquetas de castillos y de todo tipo de edificación y seres de fantasía.

Diego se sentaba con su máquina de escribir, mecánica y muy antigua, y disfrutaba del ruido de las teclas golpear contra el rodillo —tac-tac-tactac-tac—, formando cada palabra, lo que le valió la crítica de varios por lo arcaico de la herramienta. "¿Por qué no te comprás una computadora?", le habían dicho en muchas ocasiones. Nadie entendía la sensualidad que significaba tipear con su vieja máquina de escribir.

EL ESCRITOR

Le costaba mucho terminar sus cuentos porque, al ir escribiendo uno, ya se le ocurría otro, y disfrutaba mucho de sus saltos de una a otra historia.

Sus habitaciones estaban llenas de escritos concluidos y muchos más sin concluir. En su mesa de luz había réplicas de dagas de películas, medallones, anillos, y otras cosas más, todas de sus historias favoritas.

Vivía escribiendo... pero no era escritor.

Lo encontraron sobre sus escritos... solo.

Fueron los niños quienes entraron, como siempre, sin siquiera llamar, jugando a los "buenos" luchando contra los "malos", espadas de madera mediante, como le escuchaban a Diego que contaba de los héroes de sus historias.

Hubo lágrimas infantiles, ese día. Pero el mundo adulto sintió cierto alivio cuando la casa de fantasía fue desapareciendo junto con todas esas historias que sólo le llenaban la cabeza a los más chicos...

El velatorio estuvo poblado por niños pequeños disfrazados de duendes, príncipes y princesas, dragones, elfos, magos y brujas.

Y los adultos al referirse a él, comentaban que había sido una lástima que hubiera fracasado como escritor, que nunca llegara a nada...

Un fracaso.

Y allá... a la entrada de un mundo plateado, las inmensas puertas de cristal se abrían lentamente con el anuncio de trompetas, mientras los ángeles y los querubines recibían a Diego con sincera felicidad.

Detrás de los muros de nubes se alzaban montañas plateadas y una increíble cascada de arco iris hacía oír su música desde las alturas, enmarcando los valles verdes y suaves.

Allá llegaba, con su máquina de escribir de plata bajo el brazo, con la sonrisa enaltecida, los ojos brillantísimos de felicidad... llegaba a un mundo como sus mundos...

Y fue el único...

De un número incontable de almas, él fue elegido para vivir en el trono de Dios.

Él lo llamó y los ángeles lo llevaron a su mesa, se sentó en una pequeña luna que flotaba en aquel mundo y todos los seres celestiales se dispusieron a escucharlo, formando una rueda alrededor de él.

—Cuéntame un cuento... —le dijo la augusta voz de Dios.

Y Diego, con los ojos llenos de lágrimas y feliz... comenzó a contar otra historia.

ÍNDICE